ものがたり洋菓子店 月と私

よっつの嘘

野村美月

ポプラ文庫

Contents

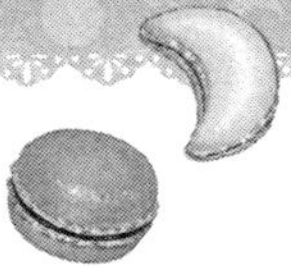

本書は書き下ろしです。

ものがたり洋菓子店 月と私

よっつの嘘

プロローグ

Prologue

三月も後半に突入した某日。洋菓子店『月と私』に、飛行機で海を越え子羊たちがやってきた。

「あっ、アニョー・パスカルの型、アルザスから届いたんだね。見せて見せて。うーん、型だけだとちょっとシュール？　でも可愛《かわい》いっ」

麦《むぎ》の言葉に店のオーナーパティシエである姉の糖花《とうか》も、子羊たちの愛らしさに目をうるませてコクコクうなずく。

本日は店はお休みで、麦も糖花もトレーナーにパンツだったり、カーディガンにスカートだったりと私服姿だ。

イートイン用の丸いテーブルに、ミルクベージュの陶器の子羊たちを、梱包《こんぽう》を解きながらひとつずつ並べてゆく。

丸みを帯びたフォルムや突き出した脚は、やっぱりちょっとシュールだけど、ひょろりと長い銀の留め金をはずして、ぱかんと開くと、キュートな子羊が現れる。ここにビスキュイの生地を流し込んで焼き上げるのだ。

『月と私』では、四月からイースターのお菓子を販売する。

イースターはキリストの復活祭で、春の訪れを祝う日でもある。春分の後の最初の満月の次の日曜日と決められていて、この時期海外では卵やうさぎの形のお菓子を食べてお祝いするのだ。アニョー・パスカルも『復活祭の子羊』を意味するイースターのお菓子だ。

「アニョー・パスカルをいただくのは、アルザス地方独自の風習なのですね。日本ではイースターエッグやイースターバニーと一緒にアニョー・パスカルを並べるお店も増えてまいりましたが」

こちらもシャツにスラックスの語部《かたりべ》が、艶《つや》のある美声で語る。普段、店で接客をしているときは執事のような黒い燕尾服《えんびふく》に身を包み、前髪を後ろに撫《な》でつけ、ストーリーテラーを名乗っているが、今は前髪もおろしている。

住宅地の片隅にある小さな洋菓子店に彼が訪れ、販売と企画と宣伝その他を一手に引き受けるようになってから、店も、麦の姉も、劇的に変わった。

店の屋根は、くすんだ茶色から明るい水色になり、入り口に空の水色と月の黄色、二つの円を重ねた看板がかかげられ、店内には、三日月、半月、満月の形をしたお菓子があふれている。

お客さまも従業員も増え、姉は朝露《あさつゆ》を含んだ花のように美しく、みずみずしくなった。

ここ数日はさらに輝いていて、幸せそうににこにこしている。かと思うといきなり顔を赤らめたり。

お姉ちゃんとカタリベさん、ホワイトデーに絶対なにかあったよね……。

あの日は麦にも忘れられない出来事があり、そのせいでぼーっとしていて、周りに気を配る余裕がなかった。

けれど語部が、店の二階のリビングで三人で食卓を囲んでいるときに、姉をたいそう甘い声で『糖花さん』と呼ぶようになったのは、ホワイトデーの翌日からだ。

以前から店では『シェフ』と呼んでいて、それ以外では『糖花さん』と呼んだり呼《よ》ばなかったりだったのが、勤務外は『糖花さん』で固定したようで、深みのある美い声で頻繁《ひんぱん》に、

——糖花さん。

と語りかける。

そのときの語部の表情が、麦までドキッとしてしまうほど甘く優しく、姉も頬《ほお》を

カスタードクリームのようにとろとろにゆるめて、

——はい。


と答えて、見つめあったりしている。

あたし、邪魔?

いや、すでに麦の存在は二人の中から消えているのかも。

まぁ、もともとお姉ちゃんとカタリベさんは両思いだし、早くつきあっちゃいなよって思ってたからいいんだけど……。

糖花と語部は、いつのまにか顔を寄せあうようにして語らっている。

「子羊の額《ひたい》に、お砂糖で描いた白い三日月をちょこんとのせようと思うんです」

「三日月をたたえた子羊、いいですね。リボンは店のイメージカラーの水色と黄色、二種類用意しましょう。ああ、しかしピンクも春らしくて捨てがたい」

「ピンクのリボン、わたしも春めいていて素敵だと思います。春色のリボンを巻いた子羊をケースの上にたくさん並べたら、きっとお花が咲いたみたいに可愛いです」

仕事の話をしているようだけど、距離が近い! 見つめあう眼差《まなざ》しや、かもしだされる雰囲気が甘々だ。

「亡くなった母がイースターが好きで、うちでは子供のころから毎年祝っていたんです。だからイースターには思い入れがあって」

「そうですか、糖花さんのお母さまが」

語部がまた目を細める。

糖花も唇をほころばせて、

「『春を迎えるお祝いよ』って――うきうきと支度《したく》していました。イースターエッグに、イースターバニー、アニョー・パスカル、イースターは可愛いものがいっぱいよって。母が百均《ひやっきん》でシリコンの羊の型を見つけてきて、一緒にアニョー・パスカルを作ったり」

ほのぼのと語る糖花を、語部はやっぱりどこまでも甘く優しい表情で見つめている。内気な糖花がそんな安心しきった表情で子供時代の話をしてくれるのが、嬉《うれ》しくて仕方がない様子だ。


カタリベさん……ダダ漏れだなぁ……。

仕事以外では私に話しかけないでください、などと言って空々しい笑顔で姉を突き放していたのが嘘《うそ》のようだ。

ひょっとしてもう、つきあってる？

それはいいことなのだけど……う――ん……。

麦が苦い顔をしてしまったのは、姉への片想いをこじらせまくっている幼なじみの顔を思い浮かべたためだった。

今はタイミングが悪いというか、なんというか……。

二人はまだ近い距離で親密に話している。

「明日、デパートのイースターコーナーに置いていただく商品の打ち合わせをしてまいります。アニョー・パスカルもラインナップに加えていただきましょう」

「はい、ぜひ。休業日なのに語部さんにばかりお仕事させてしまって申し訳ありません。やっぱりわたしも一緒に……」

「ダメだよ、お姉ちゃん！　明日はマリー・ローランサン展に行くんでしょう？」

麦はつい叫んでしまった。

姉がびっくりして振り向く。

「や、あの、だってお姉ちゃん、マリー・ローランサン、ずっと楽しみにしてたじゃない。もうチケットも買っちゃったんでしょう？　展覧会は今週いっぱいまでだから、明日を逃したら行けなくなっちゃうよ」

服の中に汗をかきながら言いつくろう。

明日、糖花に京橋《きょうばし》の美術館へ行ってもらわなくては具合が悪いのだ。

あまり強くすすめると語部に不審に思われそうで、ひやひやする。

すでに視線を感じていて……。

え？　バレてる？

けれど語部は麦から視線をそっとはずし、糖花に向かっておだやかに微笑《ほほえ》んだ。

「麦さんの言うとおりです。仕事は私の趣味でもありますのでお気になさらず、糖花さんは『マリー・ローランサン展』を楽しんできてください」

思わず胸を撫で下ろした。

実は——幼なじみの令二《れいじ》に、姉がマリー・ローランサン展へ行くという情報をリークしている。

ごめんなさいっ、カタリべさん！　でも、あたしだけホワイトデーに爽馬《そうま》くんとうまくいっちゃって、令二くんに後ろめたいんだよ〜。

第一話

華やかに広がり、しめやかに香り続ける薔薇のつぼみのキャンディー

Episode 1

入り口の自動ドアが開き、美術館の広々としたロビーに入ってきた糖花を見たとたん、令二の心拍数は跳ね上がった。

糖花はふんわりした栗色の髪を首の横でゆるくたばね、眼鏡《めがね》をかけている。裾《すそ》の長いベージュのスカートが華奢《きやしや》な足首の上でさらさらと揺れ、ほっそりした首筋はオフホワイトのタートルネックのニットに包まれている。スプリングコートは淡い水色で、色白で透明感のある糖花によく似合っている。

落ち着け。

偶然を装って、普通に話しかけるんだ。

ロビーの正面は開放感のある明るいカフェスペースで、展示室への入場口は向かって左側にある。その付近でドギマギしながらタイミングをうかがっていたら、先に糖花のほうが令二に気づいて声をかけてくれた。

「令二くん……？」

「あれ、糖花さんもローランサン展？」

声も仕草も自然だったはずだ。

猫をかぶるのは慣れている。いつもどおりでいいんだ。

「糖花さん一人なら、一緒に回ってもいいかな」

以前の糖花なら、令二の姿を見るだけで顔を硬くこわばらせ、視線をそらしていたはずだ。

それは子供のころから糖花に恋していた令二が、さんざん意地悪なことを言ったせいで。特に子供会のケーキを任された高校生の糖花が手作りのケーキを大失敗した一件以来、糖花は内気さに拍車をかけ、ずっと年下の令二が笑顔で話しかけるたび、びくびくしていた。

糖花のそうした反応に、これまでの令二は暗い喜びを感じていたのだから、避けられても仕方がない。

令二が心を入れ替えて優しく接するようになってからは、糖花もしだいにほんわりした表情を見せてくれるようになったし、バレンタインデーにはチョコレートまでもらってしまった。

――お味見してみてね……。

糖花の店に買い物に行ったとき、わざわざ厨房《ちゅうぼう》から出てきてくれて、甘酸っぱいレモンピールにチョコレートをかけた三日月のシトロネットを、フィルムに小分けしてそっと手渡してくれた。

麦から『それ、ただのおまけじゃん！ 試食じゃん！』と突っ込まれたが、令二は糖花からバレンタインのチョコレートをもらったと思っている。

だから他の女の子からのチョコレートは全部断ったし、雪が降り積もったホワイトデーの翌朝、まだ暗い時刻に白い息を吐きながら店を訪れ、ポストに淡いピンクの薔薇《ばら》のつぼみを一つ、そっと投函《とうかん》したのだ。

ホワイトデーのお返しのつもりで。

——えっ！ あの薔薇、令二くんだったの？ 誰が入れたんだろうって、みんな不思議がってたよ。パートの寧々《ねね》さんなんて『きっとホワイトデーに大失恋してお返しできなかった男性が、彼女に渡せなかった薔薇を通りかかったうちの店のポストに入れたんですよ』なんて妄想してて。えー、令二くんだったんだ。

——そりゃ、おまけで渡したチョコレートのお返しに薔薇の花なんて贈られたら、お姉ちゃん引いちゃうだろうし、カタリベさんも警戒するだろうから、直接渡せなかったのはわかるんだけど、どうして自宅のポストじゃなくてお店のポストに入れたの？

麦と糖花は、店の二階と三階で暮らしている。一階には『月と私』のポストと三田村《みたむら》家のポストが、それぞれ設置されていた。

ちなみにカタリベのやつは隣の低層マンションの三階を賃借していて、糖花さんの部屋のベランダとあいつの部屋の窓越しに、よく二人でしゃべっているみたいで本当にムカつく。

――……自宅のポストに入れたら、ストーカーからだと誤解されるかもしれないだろ。糖花さんを怖がらせたくなかったから……。

ぽそぽそつぶやくと、麦は眉《まゆ》を下げしんみりした表情になり、

――暗黒王子の令二くんが、相手の気持ちを考えて行動するなんて、なんかジーンとしちゃうよ。令二くんもやっと普通の高校生らしくなったね。お姉ちゃんへの

実らない片想いが令二くんを変えたんだね。

――おい、実らない片想いってなんだ！

麦のほうは令二の友人の爽馬とホワイトデーに進展があったらしく『お互いの恋を応援する同盟を結んでいたのに、あたしばかり幸せで令二くんに申し訳ないよ』などと、またまた腹の立つことを言う。

――これじゃ令二くんがかわいそうで、牧原《まきはら》くんのこと素直にのろけられないよ。あ、牧原くんじゃなくて『爽馬くん』って呼ぶことにしたんだった。

爽馬くん、と口にしながら、えへへっと照れくさそうに頬をゆるめる。めちゃくちゃのろけてるぞ、おい！

麦はへらへらしていたが、またしんみりした表情になり、

――せめて令二くんもお姉ちゃんとの思い出がほしいよね。おまけのチョコレートだけじゃあんまりだもの。

おまけのチョコレートだって、ぼくには糖花さんとの最高のメモリアルだ！　と言い返したかったが、ますます同情されそうだったのでムッとした顔で黙っていると、

――うーん……今回限りの特別情報だよ。お姉ちゃん次の休業日に、京橋の美術館に『マリー・ローランサン展』を見に行くの。カタリベさんはその日は仕事だから、お姉ちゃんは一人のはずだよ。

学校もちょうど春休みだから、偶然をよそおって糖花さんと二人きりで美術鑑賞ができる！

それまで麦にモヤついていた令二は、素直に礼を言ったのだった。

◇　◇　◇

「――わたしね、ローランサンの淡い色使いが大好きなの。ふんわり優しくて、気品があって、絵から涼しげな花の香りがただよってきそうで……」

令二の隣で、糖花がささやくような小さな声で話している。

淡いブルーや灰色がかったピンク、白っぽいグレーなどの色で描かれた絵を、頬をほんのり染めて目をうるませて見つめる。その小さくて綺麗な横顔や儚《はかな》い声に、しみじみ幸福を感じてしまう。

まるで糖花さんとデートしてるみたいだ。

いや、みたいじゃなくて、これはデートだ。

糖花さんとデートしてる。

足も耳もふわふわして、夢の中を歩いている気分だ。

糖花が眼鏡をかけているのも、昔の糖花を思い出させて胸がぎゅっとする。

髪も染めていなくて真っ黒で、黒縁のダサい眼鏡をかけていて、ほっそりした女性らしい体をぶかぶかの服で隠して——令二だけが糖花さんは本当はすごい美人なのだと知っている……。それがたまらない優越感だった。

笑顔で吐き出される令二の意地悪な言葉に、内気な糖花が背中を丸めてびくびくするのも糖花に影響力を持っているような気がして嬉しくて。

本当に黒い子供だったし、糖花にずっとひどいことをしてきた。

「……昨日ね、アルザスからアニョー・パスカルの型が届いたの。子羊の形でとっても可愛いの。四月に入ったらお店にイースターのお菓子をたくさん並べるのよ」

仕事の話をしている糖花は桜色の唇をふんわりほころばせて、生き生きしている。もう背中も丸まっていないし、令二に怯《おび》えてもいない。

「その前に、ポワソン・ダブリルも作らなきゃ。お魚の形に焼いたパイにカスタードクリームとつやつやの苺《いちご》を敷きつめたお菓子で、エイプリルフールにいただくのよ。語部さんが見つけてきてくれた栃木《とちぎ》の農家さんの苺が、甘くて酸味があってみずみずしくて素敵なの。早く、あの苺で作ったポワソン・ダブリルをお客さまにお届けしたい……」

糖花が令二のほうへ顔を向け、とろけそうな笑顔で、

「令二くんもポワソン・ダブリルを食べてみてね」

内緒話のように、ささやく。

きらきらとまぶしい笑顔に吸い込まれそうになりながら、胸がズキンと疼《うず》いたのは、糖花の口からあの癪《しゃく》にさわる男の名前が出たからで――。

黒い燕尾服に身を包み、心の隅々まで鳴り響くような艶やかな声で、糖花の作ったお菓子の魅力を語り上げるストーリーテラー。

あいつが糖花さんの美しさや才能を引き出して、糖花さんは変わっていった。

糖花が語部に絶対の信頼を寄せていることも、彼に恋心を抱いていることも、糖花を子供のころからずっと見てきた令二だから、わかりすぎるくらいわかる。

否定したくても、できない。

糖花さんは、カタリベのことが好きなんだ。


静かな館内は少し寒い。

さっきまであたたかく感じていたのに、急に心がシンと冷えてしまった。

壁にローランサンが初期に描いた絵が展示されていて、暗い灰色で彩色された作品が何枚も続く。

このころのローランサンはキュビズムの影響を受けた重たい灰褐色《はいかっしょく》の絵を描いていたと、解説のプレートにある。

年代順に並べられた絵は、しだいに淡く明るい色彩であふれてゆく。

晴れやかでやわらかで品があり、確かな個性がある。

まるで、語部の魔法で変わっていった糖花を見るようだ。

糖花は『ニコル・グルーと二人の娘、ブノワットとマリオン』というタイトルの絵を、ぽーっと眺めている。澄んだ淡いグレーの壁を背景に、淡いピンクのドレスを着た母親が、同じ色の服を着た小さな二人の娘と一緒に立っている。

腰の下から大きくふくらんだドレスのピンクは、少し灰色がかっていてどこまでも優しく上品で――。

そんな絵をうっとりした目で見ている糖花の小さな白い耳たぶで、三日月の形をしたピンクの石が優しい光をたたえている。

銀色の膜を張ったような、淡い、淡い、シルキーピンクのピアスは、語部からの贈り物だと麦が教えてくれた。

糖花は店で仕事をしているときも、それ以外も、いつもこのピアスをつけている……。

ローランサンのイメージカラーともいえる灰色がかった淡いピンクは、三日月のピアスのピンクとよく似た色合いで、こんなときまで語部の存在を感じてしまう。

せっかく糖花さんと二人きりでデートしてるのに。

胸が、もやもやじくじくする。

そんな令二に綺麗な横顔を向けたまま、糖花がふんわりと目を細め唇をほころばせてつぶやいた。

「なんて……幸せそうなピンクなのかしら。わたしも、こんな色のお菓子を作りたい」

糖花自身が幸福に輝いて見えて、ピンク色の三日月のピアスも照明の灯《あか》りを吸い込んで艶めいていて。

やっぱりどうしても黒い燕尾服を着たストーリーテラーが、令二の脳裏に浮かんでしまう。

糖花は今度は『ばらの女』と『ばらの少女』というタイトルの二枚の絵を、ほんわりした顔で見ている。

どちらの絵もピンクの薔薇を持っていて、『ばらの女』は赤い唇が印象的で淡いピンクの薔薇との対比が際立つ。『ばらの少女』は唇も薔薇と同じ優しいピンク色だ。

「ローランサンの薔薇は赤でなくて、やっぱりこの淡いピンクなのね。そういえば……ホワイトデーの次の日の朝に、お店のポストにピンクの薔薇のつぼみが一つ、入っていたの。ちょうど、こんな可愛らしい薄いピンクで……」

糖花は自分宛だと思っていないのだろう。

「誰が入れてくれたのかしらねぇ。前日がホワイトデーだったからパートさんたちがロマンチックな推理をはじめてしまってね」

おっとりした表情で話している糖花に、令二は一瞬ためらったあと、さらっと口にした。

「それ、ぼくが入れました」

糖花が「え」と声をつまらせる。

令二を見つめる眼鏡の奥の目が、丸い。

「糖花さんに、バレンタインのシトロネットをもらったので、ホワイトデーのお返しのつもりでした。ピンクの薔薇の花言葉は『感謝』だから、ちょうどいいかなと思って」

糖花はすっかり恐縮している。

「そんな、おまけのチョコレートで、ほんの少しだったのに」

ああ、やっぱりおまけか。

それでもいい。ぼくには特別なチョコレートだったんだから。

糖花の目をまっすぐに見て、誠実な口調で言った。

「でも嬉しかったんです。糖花さんがぼくにバレンタインのチョコレートを笑顔で手渡してくれて」

『ばらの女』と『ばらの少女』——二枚の絵の前で、偽りのない本当の気持ちを伝える。

糖花はまた驚いた顔をしているし、戸惑っているように見える。

「ぼくはずっと糖花さんに怖がられていたから。糖花さんはぼくと目を合わせてくれなかったし、ぼくが店に買い物に行くと、いつもびくびくしていましたよね」

「そ、そんなことは……」

もちろん糖花の性格で『はい、その通りです』とは言えないだろう。目を伏せ、困ったようにもじもじしている。

「いいんです。ぼくが糖花さんに怖がられて当然のことばかり言っていたので。ぼくが――全面的に悪かったんです」

――お姉さんは明るい色の服を着ると、そこだけ悪目立ちして浮いちゃうから、暗い色合いのほうが似合いますよ。

――お姉さんがお茶会で作ってくれたケーキ。あれ、本当にまずかったなぁ。今でもトラウマなんですよ。

本当にひどいことを言った。

全部書き出して麦に読ませたら、その場で殴られて絶交されるだろうし、お互いの恋を応援しあう同盟も結んでくれなかっただろう。

糖花も令二の言葉を思い出しているのか、眉根を寄せてちょっと泣きそうに見えて、令二の胸もズキズキする。

きっと糖花にとって令二に関わることは、こんな顔をさせてしまうほど辛い記憶ばかりなのだ。

「地区の子供会のお茶会で、糖花さんが焼いてくれたケーキがまずかったのは、ぼくが……キッチンにあった調味料を適当に混ぜたからなんです」

糖花が息をのむ。

ああ、ずっと隠してきたことを、ついに糖花さんに言ってしまった。

語部や麦にはとっくにバレているし、糖花ももしかしたら気づいているかもしれないと思ったけれど、違ったようだ。

だとしたら、きっと今でも、自分が材料を間違えてしまったと悔やんでいたはずだ。

「ど、どうして……そんなことしたの」

おろおろする糖花に、切ない気持ちで言葉を続ける。

「糖花さんのことが好きだったからです」

糖花がまた声をつまらせる。

令二も、ぎくしゃくと言葉を絞り出す。

自分は卑劣《ひれつ》な子供だったと、今、伝えなければ、ずっと伝えられない。

「……っっ、幼稚園に通っていたころ、お菓子を作ってくれる綺麗で優しいお姉さんが大好きで憧れていました。子供会でお姉さんがお菓子を作ると聞いて、お姉さんのお菓子は美味《おい》しいから、きっと他の子たちもお姉さんを好きになってしまうだろうと思って。お姉さんが人気者になるのが、いやだったんです」

ぼくだけのお姉さんでいてほしかった。

それで、お手伝いをすると言ってキッチンに入り、ケーキの生地《きじ》にこっそり塩や胡椒《こしょう》や唐辛子を混ぜた。

「だから、糖花さんのお菓子はずっと美味しかったし、糖花さんはぼくに怯える必要なんてなかったんです。なのに糖花さんがぼくの言葉に反応してくれるのが嬉しくて、意地悪なことをたくさん言って――だんだんそれがやめられなくなってしまって――」

糖花は眉根を寄せたまま、また泣きそうな顔で令二を見ている。

もうダメかもしれない。

どうして、大人になってうんと優しくすれば糖花さんはぼくのことを好きになるだなんて思ったんだろう。

「ぼくは最低のドクズなんですっ。本当にすみませんでした」

床に叩《たた》きつける勢いで、深く、深く、頭を下げる。

しばらくそのまま動けなかった。

沈黙が苦しくて、胸も喉《のど》もひりひりと痛い。

きっと糖花さんにまた避けられてしまう……そう思ったとき、息も絶え絶えの声が聞こえた。

「令二くん……そこ、他のお客さまのご迷惑だから……」

絵の前で頭を下げるアイドル顔の少年と、おろおろする年上のしとやかな美女は、注目の的だったようだ。

平日の昼間とはいえ、絵を鑑賞している人はそこそこ多い。糖花は眉を下げたまま真っ赤な顔で、すみません、すみません、と小声で謝っている。

令二も慌てて絵の前から離れる。

糖花さんに恥をかかせてしまった、完全に終わったと絶望的な気持ちでいると、糖花がおずおずと言った。

「あ、あのね……」

思わず目をつむる令二の耳に、ぎこちないけれど心のこもった声が聞こえた。

「……子供会のこと、打ち明けてくれてありがとう、令二くん」

のろのろと顔を上げると、糖花はやっぱり内気そうな目で——それでも真摯《しんし》に令二を見ていた。

「……令二くんは、クリスマスにお店が大変だったときに、助けてくれたでしょう？ いつもお菓子を買いに来てくれて、美味しかったですって感想を言ってくれるのも、すごく嬉しかった」

ぽつりぽつりと一生懸命に語ってくれて。最後はやわらかに目を細めた。

「それに、あのピンクの薔薇のつぼみも、とっても可愛かったわ。わたし宛だったなんて嬉しい。……ありがとう、令二くん」

糖花さんに許してもらえた。

ピンクのつぼみを、喜んでくれた。

鼻がツンとして、今度は令二が泣きそうになった。

今日のことは、きっと一生忘れられない。


そのあと、美術館のレストランで、マリー・ローランサンのコラボメニューのランチまで糖花と一緒に食べた。

サーモンのムニエルも野菜のテリーヌも、ピンクのアイスクリームもすべて淡い色合いで、糖花の表情もふんわりやわらかだった。

糖花が令二の分まで払おうとするのを止めて、ぼくに払わせてくださいと頼んだのは、社会人と高校生という立ち場ではさすがに聞き入れてもらえなかったけれど。

でも、自分の分は自分で払った。そこは頑張って押し通した。

帰り道も、糖花を家まで送っていった。

まだ明るいし、送るような時間ではなかったのだけど、やっぱりデートの終わりは彼女を家まで送りたい。

「こっちに用事があるんです」

と言って、戸建《こだ》てが並ぶのどかな住宅地の道を、並んで歩いてゆく。

爽やかな水色と淡いレモンイエローの円を組み合わせた立て看板と、『ストーリーテラーのいる洋菓子店　月と私はこちらです』という言葉と矢印を見ながら進むと、明るい水色の屋根と、それより少し淡い水色の壁が見えてきた。

二階と三階が糖花の自宅で、一階の店は今日は休業日でドアに『close』の札がかかっている。

よかったら、お茶でも飲んでいって。

そんな言葉を一瞬だけ期待したが、今の自分がそこまで望んだらバチがあたるだろう。

そんなことを考えていたら、店の前で糖花が言った。

「あの、令二くん、ちょっと待ってて」

そう言って裏口から店に入り、中からドアを開けて令二を店内にまねいた。

ケースは空っぽだけど、棚に三日月のマドレーヌや、満月のパイ菓子や、三日月のサブレなどが並んでいて、ひんやりした心地よい空間の中に、お菓子と果物の甘い香りが残っている。

糖花は壁の棚から手のひらにのるような小さな丸い缶をとると、令二に差し出した。

缶は水色で、右半分に黄色い三日月が描かれている。

「……薔薇のキャンディーよ。半月は少し丸みをつけて、薔薇のつぼみをイメージしてみたの。令二くんがくれたピンクのつぼみを見たとき、あ、薔薇のキャンディーだわって思ったのよ。このキャンディーは濃いピンクだけど、淡いピンクのキャンディーも素敵だなって……」

今度淡いピンクのも作るから、そしたらまた令二くんにお味見してもらうわね、食べ比べて感想を言ってちょうだいね、と——。

令二の手のひらに缶を置いたとき、糖花の指先がほんの少しだけ令二の手にふれて、体にぴりっと電気が走ったような気がした。

ああ、本当に、糖花さんの優しい眼差しも、はにかむような声も、今自分が感じているこの震えるような気持ちも、一生忘れない。

そのとき、令二の背後で艶やかな声がした。


「糖花さん、帰られていたのですね」


語部が店のドアから入ってきた。

執事の格好ではなく、エリートビジネスパーソンのようなぴしっとしたスーツ姿で、トレンチコートを羽織《はお》っている。

語部は令二を見て、ゆったりした表情で、

「おや、令二くんもご一緒でしたか」

と、これまたイイ声で言った。

糖花が薔薇が開くようにぱぁーっと顔を輝かせ、語部に話しかける。

「お帰りなさい、語部さん。令二くんとは美術館で会ったんです。令二くんもマリー・ローランサンが好きなんですって」

「そうでしたか。楽しい時間を過ごされたようでなによりです。私も、催事のご担当者がそれは意欲のあるかたでアイデアも豊富で、楽しくお話しさせていただきました」

語部は、令二が糖花と二人で美術鑑賞をしたと聞いても、まったく動揺する素振りがない。

スーツを着ているからか、執事の格好をしているときとはまた違った大人の色気と余裕を感じさせて、令二はむかむかした。

糖花は身を乗り出すようにして、語部の話を聞きたがっている。

自分がまだ高校生であることが、たまらなく悔しくて惨《みじ》めに思えて、それでも恋敵に弱みを見せたくないから精一杯虚勢を張って、

「糖花さん、ローランサンのピンクの薔薇のつぼみのキャンディー、楽しみにしてますから」

と、爽やかな笑顔と秘密めかした口調で言って、店を出たのだった。

二人きりになった糖花と語部が、店の中で親密に話していると思うと胸が張り裂《さ》けそうだ。

もしかしたら仕事の話ではなく、もっと別の話をしているかも——いいや、考えるな！

コートのポケットから糖花がくれたキャンディーの缶を出して、蓋《ふた》を開ける。

薔薇のつぼみのような形をした、あざやかなマゼンタピンクの半月をひとつつま

んで、口へ放り込んだ。

華やかな薔薇の香りが、口の中いっぱいに広がる。

吐息まで薔薇の香りになりそうなほどで、ほのかに甘くて酸味のあるキャンディーを舌で転がすたびに、香りが踊る。

薔薇色のドレスを着た女性が、優雅にステップを踏んでいるみたいだ。

きっと、こんな気持ちで口にしたのでなかったら、もっとわくわくした華やいだ気分になるのだろう。


もしぼくが、最初から糖花さんに意地悪したりせずに優しくしていたら、糖花さんはカタリベと会う前にぼくのことを好きになってくれたのかな……。

そもそも糖花が自分に自信のない暗くて冴えない女性でなければ、語部がストーリーテラーとして力になることもなかったのではないか。

糖花をそんな女性にしたのは令二で、まるで令二が糖花と語部を結びつけたようなものだ。

考えれば考えるほど、自分の言葉も行動も誤りだったと、うなだれてしまう。

春に向かう季節の冷たい風が耳もとをぴゅーっと吹き抜け、震える。

キャンディーは溶けて消えてしまったのに、薔薇の香りがいつまでも消えずに残っている。

自分の、糖花への気持ちみたいだ。

本当はピンクの薔薇は、濃淡によって花言葉が変わる。

濃いピンクは『感謝』で、それを糖花に伝えたけれど……。

淡いピンクの薔薇は『愛しています』で、薔薇のつぼみは『恋の告白』で、一輪の薔薇は『あなたしかいない』だ。

爽馬のストーカーのことを笑えない。

バレンタインデーに、赤い薔薇を二輪添えたチョコレートが間違って机に入っていたとのんきに語る爽馬に、赤い薔薇は『愛しています』の意味で、二輪の薔薇は『世界にあなたと私だけ』だと教えてやった。

そんなことをするやつはキモいし引くと、背中がぞわぞわしたのに、同じことをしている。

キャンディーの薔薇の香りの余韻《よいん》が長く長く続くように、糖花への想いが断ち切れない。

どんどん好きになる。

切ない。

ようやく子供のころの罪を、糖花に告白し謝ることができた。

けれど、この期に及んでまたひとつ嘘をついた。

糖花さんのことが好きだったからと、過去形で語ったこと。

今でも好きです、ずっと好きです、ぼくにはあなたしかいません、と言えたらよかったのに。

第二話

香ばしいパイ生地に
濃厚なピスタチオクリームと
甘酸っぱい苺を
たっぷり敷きつめた
ポワソン・ダブリル

Episode 2

「おまたせしました。ポワソン・ダブリルでございます」

すらりとした長身に黒い燕尾服をまとった語部が、丸々太った魚の形のパイに真っ赤な苺を敷きつめた季節限定スイーツをうやうやしくテーブルに置くと、イートイン席のご婦人たちからため息と賞賛がこぼれた。

「まぁ、素敵」

「お魚の目が、きょろんとしていて可愛いわ。これはチョコレート?」

「苺もこんなにつやつやしていて、美味しそう」

「ああ、来てよかった」

口々に言い、お写真を撮ってもいいですか? と断ってから、嬉しそうにスマホで撮影する。

四十代から五十代くらいの四人の女性たちの一人は、『月と私』でパートとして働く小手川《こてがわ》小百合《さゆり》さんだ。

五十代半ばの彼女は日本橋《にほんばし》の老舗《しにせ》デパートに長年勤務し、早期退職後に『月と私』で週三、四日ほど働くようになった。

デパート勤務の経験からか、言葉や仕草が丁寧で品がある。

エイプリルフールの今日、友人と一緒にお客さまとして、季節商品であるポワソン・ダブリルを食べに来てくれたのだ。

「お店で見たときから、とっても可愛くて美味しそうで、どうせなら大きいサイズでいただいてみたかったのよ。けど、うちは子供たちも家を出ていて、夫と二人きりでしょう？　あの人は甘いものは食べないから、みなさんをお誘いしたんです」

三人は、小百合さんの下の息子さんが小学校に通っていたころに知り合ったママ友だという。

「わたしも、ポワソン・ダブリルをいただくのははじめてで。楽しみにしてきたんですよ」

「エイプリルフールに食べるお魚のパイって聞いたときは、お菓子屋さんでお魚のパイ？　って、ぽかんとしちゃいました」

「あら、わたしもよ。こんなに愛嬌《あいきょう》のあるお菓子のお魚さんだったのね」

声をひそめて、くすくすと笑いあう。

語部も目をやわらかに細め、深みのある艶やかな声で語りはじめた。

「フランスではエイプリルフールをポワソン・ダブリル——四月の魚と申します。

この日は、子供たちが魚の形に切り抜いた紙を、誰かの背中にこっそり貼りつけて『ポワソン・ダブリル』とはやしたてたり、魚の形をしたお菓子を楽しんだりいたします」

「その由来は諸説ございますが、四月になるとサバが大量に釣れることから、そんな釣りやすいおばかさんのサバを四月一日に食べさせられた人のことを『四月の魚』と、からかうようになったそうです」

「だからこのお魚さんは、こんなにとぼけたお顔をしているのね」

「さようでございます。このユーモラスな顔つきも、ポワソン・ダブリルの特徴でございます」

語部が唇の端を少し上げて微笑むと、四人ともぽーっとした顔になった。

「当店のポワソン・ダブリルはこのように丸い満月でご用意させていただきました」

丸く焼いたパイに、同じ生地で作ったヒレや尻尾《しっぽ》や、ちょんと尖《とが》った口をつけて、チョコレートの目をのせたニセモノの魚を、語部が長いケーキナイフで巧みに切り分けてゆく。

「香ばしく焼き上げたパイ生地はサクサクと軽く、底に濃厚なピスタチオのダマンドを敷きつめ、さらにピスタチオのクリームをたっぷりと重ね、その上に栃木の契約農家さまから届いたばかりの甘酸っぱい苺をぎっしり並べております」

白い取り皿に四分の一ずつ盛りつけられたポワソン・ダブリルは、魚のうろこに見立てた艶めく赤い苺と、その下のグリーンのピスタチオクリームとダマンドの断面が、なんともいえず美しく、食欲をそそる。

流れるように語られる語部の説明を聞いているだけで、口の中に味が広がり、唾《つば》がわいてくるのだ。

「どうぞ苺の甘さと酸味、濃厚なピスタチオと香ばしいパイ生地の、春の共演をお楽しみください」

語部がティーカップに紅茶のおかわりを注いで立ち去ると、四人は早速フォークを手に取りポワソン・ダブリルを食べはじめた。

パイ生地とピスタチオのダマンドとクリーム、苺を一度に切りおろして口へ運び、

「あら」

「まぁ」

と目を丸くし、

「美味し～」

「あ～、もう、もう」

と身悶《みもだ》える。

「パイ生地がサクサク軽くて、香ばしくてパリッとしているの、最高ね」

「苺もとってもフレッシュで」

「そう、苺のこの酸味が素敵なのよ。うちのシェフのお菓子は、酸味と甘さのバランスが絶品なの」

小百合さんの言葉に、ママ友たちも賛同する。

「そうね、甘いピスタチオと一緒に酸っぱい苺をいただくと、美味しさが五段階くらい跳ね上がる感じ」

「わたし、ピスタチオのケーキに目がないの。このピスタチオ、もったり濃厚でたまらない。ショーケースにピスタチオの半月のムースがあったから、お持ち帰りするわ」

「それならピスタチオのシュークリームもおすすめよ。三日月の形のカリッとしたシュー生地にピスタチオのクリームがつまっているの。今日はないけれど、お店に並んだら知らせるわね」

「わー、お願い。小百合さん」

ポワソン・ダブリルを食べ終えて、みんな満足した顔で紅茶を飲みながら話していると、語部が小皿に三日月の形のギモーヴと満月の形のチョコチップクッキーを持ってきた。

「こちらはシェフからのサービスでございます」

レジの奥にガラスで仕切られた厨房があり、四人がそっちを見ると白いコックコートを着て髪をたばねた綺麗な女性が、はにかむように微笑み会釈《えしゃく》した。

四人も急いで頭を下げる。

「ポワソン・ダブリル、とっても美味しかったです。シェフにもそう伝えてください」

「ありがとうございます」

語部が甘く微笑む。

「本当に……来られてよかった」

四人の中で一番若いショートカットの女性――あずささんと呼ばれている女性が、しみじみと言う。

「昨日は、仕事中に母が入居しているホームから呼び出しがあって……仕事でもトラブルがあって大変だったんですけど。どうにか落ち着いて、小百合さんたちとも久しぶりにお会いできたし、美味しいケーキをいただいたらすっきりしました」

「またいつでもいらしてください」

「そうよ、あずささん。わたしもパートで出勤してるから会いにきて。お仕事が終わったら、ケーキを食べてお茶をしましょう」

「わたしも常連になりそう」

「またケーキ会をしましょうね」

なごやかに言いあっていた四人だったが、語部が「どうぞごゆっくり」と言って去ると、そっと身を乗り出して小声で、

「ねぇ、小百合さん。あの素敵な執事さんと、ガラス越しに見える厨房の綺麗なシェフはおつきあいしているのかしら?」

と尋ねた。

語部が厨房で美人シェフと仲睦まじそうに視線を絡ませ、話している様子が気になったようだ。

「そうねぇ、わたしもお店の人たちも、みんなそう思っているのだけど……本人たちはそういう認識ではないらしいのよね。たまに焦れったくなってしまって」

「お似合いなのにねぇ」

「ええ。でも糖花さんには、最近までおつきあいしているかたがいたようなのよ。ご近所で手をつないでデートしていたみたいで、クリスマスに語部さんがお店を休んでいたときも、その人がお手伝いに来てくれたのよ。髪を金色に染めていて華やかなお顔立ちで、モデルさんみたいに素敵なの。有名なパティシエさんなんですっ

て。語部さんがあんまり遠慮していると、その人と復縁してしまうかも……」

そのとき、まさに髪を金色に染めたモデルのように華やかな男性が、店に入ってきた。長いコートの裾をひらめかせている様子が、ファッショナブルだ。

「ほら、あの人よ！」

「ええっ」

「もしかして修羅場？」

金髪の青年がレジを打っていたパートさんに挨拶《あいさつ》をしてまっすぐ厨房に入ってゆくのを見て、四人ともざわめく。

「どうしましょう。糖花さんを取り返しに来たのかしら」

◇　◇　◇

「仕事中に申し訳ない。緊急で頼みたいことがあって」

糖花がポワソン・ダブリルのピスタチオクリームの上に苺を並べていると、突然現れた時彦《ときひこ》が真剣な顔つきでそんなことを言った。

桐生《きりゅう》時彦はフランス帰りの実力派パティシエとして、一時はテレビやインターネット動画に頻繁に登場していた。六本木《ろっぽんぎ》の一等地に、高級デセールを提供するパティスリー『オルロージュ』を開いていたが、ユーチューバーとのトラブルのあとオーナーの方針が変わり、店は閉店し現在は無職である。

本人は「いや、おれは『オルロージュ』を復活させるために出資者を探していて、遊んでるわけじゃない！　それに、おれに来てほしいってオファーは山ほどあるけど、断ってるんだ」と主張しているようだが、『オルロージュ』が閉店してからそろそろ一年になる。

「時兄ぃ！　せっかく来たんだからポワソン・ダブリル食べてきなよ」

時彦の遠縁で『月と私』で働く新米パティシエの郁斗《いくと》が、一人用のポワソン・ダブリルを敷紙ごと渡す。

時彦をリスペクトしている郁斗は、髪も同じ金色に染めている。まだ十六歳で、性格も言動も元気いっぱいで軽やかで、にこにこしている。

「だから遊びに来たんじゃねーって。こっちは大変で――って、これフランスで修業してたとき、寝不足でぼーっと歩いてたら近所の子供に紙の魚を背中に貼られて『ポワソン・ダブリル！』ってからかわれたな、くそっ」

時彦が顔をしかめ、ポワソン・ダブリルに頭からかぶりつく。

「あ、うま……さすが三田村シェフ」

パティシエとしてのライバル意識からか、複雑そうな顔つきで断面を眺めたりし

て味わっていたが、

「それ、おれが作ったんだ」

郁斗が明るく告げるなり目をむき叫んだ。

「なにぃ！」

郁斗の成長ぶりに焦っているようで、

「嘘だよ～。ほら、今日はエイプリルフールだから」

郁斗がけろりとバラすと、安堵《あんど》したように肩の力を抜いて息を吐いた。

それから口をむっとへの字に曲げて、

「おまえはもう黙ってろ。おれは三田村シェフに大切な用事があるんだ」

「わ、わたし、ですか？」

おそろいの空色のワンピースに白いエプロンに三角巾の制服を着たパートさんたちのあいだに、なぜだか緊張が走る。

時彦は糖花の前に立つと、丁寧に頭を下げた。

「お願いします。明日一日だけ、おれの恋人になってください」

糖花はわけがわからずぼーっとしてしまった。

え？　恋人？

わたしが桐生シェフの？

え？　ええ？　どうして？

顔を上げた時彦の眼差しは真剣だ。糖花の視界がいきなり暗くなったのは、語部が時彦と糖花のあいだに割って入ったためだった。

先ほどまでカウンターで接客していたはずなのに、いつ厨房に戻ってきて、どこから話を聞いていたのか不明だが、背中から威圧感がただよっている。

パートさんたちが息をのみ、お客として来ていた小百合さんまでママ友たちと一緒にレジの前に棒立ちして、厨房の様子を見守っている。

郁斗が「あ～あ、カタリベさんを怒らせちゃった」と茶化す。

おろおろする糖花の耳に、語部の声が聞こえた。にこやかなのに、ひんやりしていて、糖花がそんな声でなにか言われたら震え上がってしまいそうだ。

「エイプリルフールとはいえ冗談がすぎますね、桐生シェフ。私どものシェフは仕事中ですのでお引き取り願えますか」

ところが時彦は引き下がらなかった。

「こっちも差し迫ってるんだ。手伝うから話を聞いてくれ。郁斗、エプロン寄越せ」

なんと、コートを脱いで腕まくりし、腰に郁斗が渡した縦長の黒いエプロンを巻いて手伝いはじめた。

時彦はクリスマスの繁忙期に『月と私』で、助っ人として活躍してくれたことがある。厨房の様子や作業の流れも把握しており、目を見張るような速さで手を動かしながら、事情を語る。

「オルロージュの再建に力を貸してくれそうな出資者が見つかったんだ。けど、その相手がなんというか……おれに惚れていて、出資の条件として、おれに私生活でもパートナーになってほしいって言うんだ」

「それ時兄ぃに結婚してくれってこと？　逆プロポーズ？」

「まぁ……そんなもんだ」

時彦が苦い顔をする。

糖花もパートさんたちも驚いて作業が止まりがちだ。

語部は接客をパートさんに任せ、厨房に居続けている。ストーリーテラーとしてお客さまに商品を紹介し、細やかにおもてなしすることに誇りを持っている彼だが、時彦が勝手な振る舞いをせぬよう監視せざるをえないようだ。

本人も売り場に立てないことにジレンマを感じているようで、非常に険《けわ》しい顔をしている。

「悪い人じゃないんだ。ただ、人生のパートナーとしてどうこうってのは無理だから、なるべく穏便に納得してほしいんだ。で、おれには交際中の恋人がいるって話したら、会わせてほしいって頼まれて……」

「それで、桐生シェフとはせいぜいお知り合い程度で、プライベートでのおつきあいは一切ない私どものシェフに、恋人役を引き受けろと？　桐生シェフには二股《ふたまた》交際疑惑のグラビアモデルとアイドルのかたがいらしたはずでは」

語部が丁寧な口調で、ずけずけ嫌みを言う。

「っっ、あれはＳＮＳで自称知り合いが話をでっちあげて暴れただけで！　おれは二股はしてないし、今は誰ともつきあってないっ。芸能人はもうコリたし、炎上も二度とゴメンだ」

時彦が実感のこもる口調で反論する。

「とにかく、よほどの女性じゃなきゃ引き下がってくれそうにないんだ。おれも、容姿端麗で才能にあふれて、しとやかな大和撫子《やまとなでしこ》でって、さんざん盛りまくったあとで——そんなのおれが思いつくかぎり三田村シェフしかいない」

「おっしゃるとおりですが、最初から当店のシェフを想定してお話ししておられるようで不快です」

「え、あの、わたし……そんなんじゃ……」

容姿端麗でもないし才能にあふれてもいないし、大和撫子などではなく単に口下手でうじうじしてるだけで――。

「それに、だ」

もじもじする糖花をさえぎり、時彦が語部を意味ありげに見上げながら言う。

「おれとプライベートでのつきあいもなく、恋愛感情も一切持っていない三田村シェフだからこそ、適任なんじゃないか？」

「お断りします」

「そこをなんとか」

「お断りします。お帰りください、今すぐに」

「おれは、三田村シェフに頼んでるんだ。オルロージュを復活させられるかどうかの瀬戸際なんだ。このとおり、助けてくれ、三田村シェフ」

時彦が語部の横から顔を出し、手を合わせる。

本当に困っていて、糖花の助けを必要としているみたいだ。

語部がすっと横に移動し、時彦の顔をまた隠す。

「私はこの店のストーリーテラーで、人事、総務、広報、福利厚生の統括者でもあります。当店のシェフのことは私を通してください」

時彦がチッと舌打ちするのが聞こえた。

それから口調がまた変わって、とぼけた様子で、

「確かカタリべさんは、おれに大きな借りがあったよな」

語部の背中がわずかに揺れる。

「……」

「カタリべさんが手足を骨折して、クリスマスの繁忙期にホテルに引きこもってたとき、この店を手伝って三田村シェフを支えたのは誰だったかな？」

「……」

「いきなり連絡してきてホテルに呼び出して『どうか力になってください』と頭を下げてきたのを、快く引き受けた漢気《おとこぎ》のある若手ナンバーワンパティシエさまは一体誰だったかなぁ？」

「……」

クリスマスの一件は、製造班の糖花や郁斗だけでなくスタッフもみんな知っている。

主力の語部を欠き､どれだけ大変だったかも。時彦が手伝ってくれて本当に助かったことも。

郁斗とパートさんたちは、だよね、そうよね、と言いたげな視線を語部に向けている。

語部の背中は少し小さく丸くなったようだ。

まるで語部がみんなから責められているようで、糖花は我慢できず声を上げた。

「そ、その節は大変お世話になりました……っ！　桐生シェフへのご恩返しに、わたしでよければお引き受けしますっ」

語部が無念そうに唸《うな》った。

◇

◇

◇

「ええっ、それで時彦さんの恋人のふりして出資者の人と、お食事することになったの？」

二階の自宅リビングのテーブルで、麦と二人で夕飯を食べながら昼間の出来事を打ち明けると、箸《はし》を持ったまま腰を浮かすほど驚かれた。

「うぅ〜ん、カタリべさんを黙らせるなんて、時彦さんは意外と策士だね。仕事中の忙しい時間帯に来て、みんなの前でお姉ちゃんに頼み込んだのも、きっとわざとだよ。クリスマスのことを言ったらカタリべさんは反論できないし、パートさんたちも時彦さんの味方をしてくれるから」

じゃがいもの煮っ転がしをひとつ口へ入れ、もぐもぐと咀嚼《そしやく》し飲み込んで、

「それでカタリベさん、今日は夕飯食べに来てないんだ」

と納得して言う。

語部は隣接するマンションの三階に部屋を借りて住んでいる。食事の時間は隣からやってきて、三人でテーブルを囲むのがほぼ定番化していた。

だが糖花が時彦の恋人役を引き受けたあと、語部はお客さまの相手をしているとき以外はずっとむっつり黙り込んでいて、時おり苦悩するように眉根を寄せていた。閉店後も片付けをすませ、『失礼します』と早々に帰宅してしまったのだった。

「……語部さん、わたしが勝手にお引き受けしたから怒っているのかも」

糖花がしゅんとすると、

「だとしてもお姉ちゃんに怒ってるわけじゃないよ」

麦が理性的に言う。

「もちろん時彦さんには怒ってるだろうけど。あとは自分にかなぁ。クリスマスのこと、絶対めちゃくちゃ後悔してるよね、カタリベさん。まぁ、あのときのカタリベさんは擁護《ようご》しようがないほどダメダメだったから自業自得なんだけど」

「……そんなことは」

「もぉっ、クリスマスのときもお姉ちゃん、カタリベさんより自分のこと責めて落ち込んでたでしょ。お姉ちゃんは悪くないし、時彦さんのことも引き受けちゃったんならさっさと終わらせて、すかっとしよう」

麦の言う通りで、糖花が自分で引き受けると言ってしまったのだから、時彦に迷惑がかからないように役割をこなすしかないのだ。

「にしても、明日って急だよね。高級ホテルのレストランでランチのフルコースかぁ。しかも個室でしょう？　出資者の人ってお金持ちなんだね。資産家のマダムとかかな」

「ご自分でホテルやレストランの事業を立ち上げて、経営されているかたなのですって。明日うかがうホテルも、そのかたがオーナーらしくて」

「えっ、すごっ。ちょっとお金持ちのレベルが違う。お姉ちゃん、大丈夫？　レストランに着ていく服、ランチの前に一緒に買いに行く？　ああ、でも、いつも買ってるお店じゃダメだね。靴とバッグも高級ブランドとかじゃないと相手の人にあなどられるかも」

「お洋服は、桐生シェフが知り合いのスタイリストさんに頼んでくださって、靴もバッグも全部用意してくださるって。髪とメイクも全部お任せで大丈夫だからって
……」

「シンデレラだねぇ。女の子がドキドキしちゃうシチュエーションだ～」

「そ、そうね。わたしもドキドキして、む、胸が苦しくて。血の気も引いてきて」

箸を持つ手までカタカタ震えてきた。

「お姉ちゃん、顔が真っ青だよ。そのドキドキは、よくないドキドキだからっ」

「わ、わたしでいいのかしら。お相手のかたに、こんな地味で陰気な女性が桐生シェフの恋人だなんて認められないって言われてしまうかも」

「お姉ちゃんなら全然イケるって。今のお姉ちゃんは超美人だし、スタイリストさんにドレスアップしてもらったら、もうまぶしくて直視できないほどの美人になっちゃうから」

「でも」

「明日、あたしもスタイリストさんのとこまで付き添うよ。お姫さまになったお姉ちゃんを見たいし。記念に写真撮ってあげる。それを見せたらカタリベさんもお姉ちゃんに惚れ直しちゃうよ」

まだ高校生なのに姉よりはるかにしっかりしている妻に励まされ、糖花は、

「が、頑張るわ」

と、どうにかつぶやいたのだった。

そして翌日――。

「綺麗なお肌……。真っ白で、ものすごく透明感があるし、まつ毛もこんなに長くて。あなた、本当にパティシエさん？　芸能人じゃないの？　事務所を紹介しましょうか？」

「と、とんでもないです……」

時彦が手配してくれたサロンの個室で、糖花はスタイリストさんにメイクをしてもらっている。

鏡に映る自分は眼鏡をはずしているので、ぼんやりとしか見えない。白いケープから顔を出して、きょどきょど、びくびくしているに違いない。

麦は後ろのソファーから、楽しそうな様子でスタイリストさんの技を見ている。ブレザーとプリーツスカートの制服を着ているのは、午後からチアダンス部の新入生勧誘会の打ち合わせがあって、学校へ直行するためだ。そんな忙しい中、付き添ってくれた。

しどろもどろの糖花の代わりに、麦がスタイリストさんの質問に答えてくれている。

「アイメイクはピンク系かしら、ブルー系かしら」

「お、お任せします」

「リップは清楚《せいそ》なのと色っぽいのと、どっちにしましょうかしらね」

「お任せ……します」

「お姉ちゃんは、清楚なのが合うと思います。大和撫子ですから。それで、清楚な中にほんのり色っぽさがただよってたりすると最高です」

「いいわねぇ。その路線で行きましょう」

「髪は仕事のときはずっとまとめているので、おろしたほうが特別感があってドキッとしちゃうかもです」

「オッケー。一箇所だけ結い上げて、あとはおろしてコテをあててふんわりさせましょうね」

……麦が付き添ってくれてよかった。

椅子《いす》の上で身を縮め、すべてをスタイリストさんにゆだねながら思う。

そういえば、語部さんにヘアサロンへ連れていってもらったことがあった。

糖花はまだ黒縁の眼鏡をかけて、コシのないへなへなの黒髪を無造作に後ろでひとつに結んでいて。

自分はおばあさんみたいだと思っていた。

お店も、ショーケースに地味な茶色い焼き菓子がぽつぽつと並ぶだけで。

本当は季節のムースやタルトも作りたかったけれど、さっぱり売れない生菓子を廃棄するのが哀しくて、日持ちするお菓子だけを作るようになっていた。

それも全然売れなくて。

めったに訪れる人がいない店で暗くうつむいていたとき、語部が現れたのだ。

——私がこの店のストーリーテラーになり、シェフの作るお菓子からストーリーを引き出し、売ります。

心の底から愉快でわくわくして仕方がない。そんな満面の笑みを浮かべて、張りのある艶やかな声で糖花に告げた。

——店をリニューアルするにあたって、まずシェフ自身に意識を変えていただかなければ。

そうして糖花の腕をつかみ、手配したタクシーに乗せ、会員制のヘアサロンへ連れていったのだ。

そうだわ……あのときも、お店の人に任せきりで……わたしはただ戸惑うばかりで……。

髪を明るい色に染め、パーマをかけてふんわりさせて。

眉を整えて、メイクもしてもらって。

それでも、わたしなんかが綺麗になれるのかしらと心配だった。

やっぱり冴えないおばさんのままで、せっかくこんなお洒落《しゃれ》なお店に連れてきてくれた語部さんを、がっかりさせてしまうのではないかと。


語部さん……朝ごはんも、食べに来てくれなかった。


昨日の夜も、糖花はパジャマの上からニットのカーディガンを羽織ってベランダに立っていて。

いつもはすぐに向かいのマンションの窓が開いて、前髪をおろした部屋着姿の語部が顔を見せてくれるのに、昨日は窓もカーテンもずっと閉じたままだった。

語部が先に窓辺にいて、糖花がベランダに出るのを待っていてくれることもあり、これまで二人でいろんな話をしたのに。

季節のケーキのことや、通販のクッキー缶の内容を次はどうしましょうとか、新商品のパッケージはどんな色で、どんな形にしたらよいかとか。

やわらかで、おだやかな、優しい月の光に照らされて。
お店のことや、お客さまのことや。
それ以外のことも、たくさん。

──月が綺麗ですね。

ホワイトデーの夜。
降り続いた雪がやみ、晴れた空に浮かぶ澄んだ月を見上げながら、二人で半月のパート・ド・フリュイを食べたとき。
語部がにっこり笑って、そう言った。

──なんて麗《うるわ》しい月でしょう、優雅な月でしょう、愛らしい月でしょう、本当に美しい月ですね、綺麗な月ですね。

甘い眼差しで糖花を見つめて、何度も何度も、深みのある艶やかな声で楽しそうに。

『月が綺麗ですね』の意味を、語部さんも知っているはずなのに。

まるで、愛しています、愛していますと、繰り返し告げられているようで――。

わたしがうろたえているから、おもしろがっているの？

けれど語部の声も眼差しも、ひたすら甘く、糖花に対する愛おしさがこもっているような気がして。

糖花も、ゆっくりとつぶやいたのだ。

ほんとうに……綺麗な、お月さまですねと。

わたしも語部さんのことを愛していますと、心の中でこっそりつぶやきながら。

きっとこの場限りの言葉遊びなのだろうけれど。

語部は幸せそうに目を細めて、糖花のその言葉を聞いていた。

翌日から、仕事以外では糖花のことをいつも『糖花さん』と呼んでくれるようになり、嬉しかった。

あの夜を境に語部との距離が、糖花が戸惑ってしまうほどに縮まって。前は店の外では糖花を避けているみたいだったのに、今は語部のほうから近づいてきてくれて。それも嬉しかった。

語部に深みのある声で、

――糖花さん。

と呼びかけられるたび、嬉しくて嬉しくて胸がきらきらした想いでいっぱいになった。

なのに、語部の部屋の窓はゆうべから閉じたままで、糖花の気持ちも際限なく沈んでゆく。

桐生シェフの恋人役を、お引き受けしないほうがよかったのかしら……。

糖花が後悔しはじめていたとき、スタイリストさんの指が耳たぶにふれた。

「ピアスはパールが服に合いそうだから、このピアスははずしてもらってもいいかしら」

淡いピンクに銀色の月の光を流し込んだような、やわらかで神秘的な色合いの石は、小さな三日月の形をしている。

語部が糖花にくれたものだ。

——お守りです。いつも月とともにあると思えば、勇気がわいてくるでしょう。

あれから仕事のときもずっと耳に、このシルキーピンクの三日月のピアスをつけている。

不安なときに指でピアスにふれる癖ができてしまったほど、糖花にとって大事なものだ。

「すみません。ピアスはこのままでお願いします」

それまで『お任せします』としか口にしなかった糖花がはじめて意思を表明したことに、スタイリストさんは驚いたようだった。

けど、すぐに朗《ほが》らかな口調で、

「わかったわ。とっても素敵なピアスで、グレードの高い石を使っているし。この上品な淡いピンクがあなたの肌の色にもよく合っているから、このままいきましょう」

と言ってくれた。

麦もソファーから、

「うん、そのピアスはお姉ちゃんのお守りだものね。つけてたほうがいいよ」

と明るく声をかけてくる。

「あら、ひょっとして時彦さんからのプレゼント？」

「い、いえ……」

顔が熱くなって、もじもじしてしまった。

メイクが完成し、髪は横をひとふさ結って残りをふんわり垂らし、スタイリストさんが選んでくれたドレスに着替えた。

「ランチならこのくらいのほうが清潔感があっていいと思うわ」

と、すすめられたドレスはネックラインだけ透けるレース素材を使っていて、あとは腕も脚も隠れている。丈《たけ》は足首の少し上くらいだ。

光沢《こうたく》のあるホワイトグレーの布地が体の線に綺麗に沿って、すっきりしなやかに見せてくれる。裾が広がったマーメイドラインで、歩くと裾が優雅に揺れる。

華奢な銀色のパンプスをはいて、同じ色の小さいバッグを持ち、コンタクトを入れて完成だ。

「うわぁっ！　お姉ちゃん、めちゃくちゃ綺麗だよ！」

「でしょう？　これはもう、わたし的に最高傑作ね」

麦とスタイリストさんが、たくさん褒めてくれる。

鏡に映る自分は、いつもより素敵に見える。でもやっぱりまだ、どことなく自信がなさそうで。

「お姉ちゃん、写真撮ろう！　そこじゃなくて、こっちに立って」

麦がスマホで何枚も撮影してくれる。

麦やスタイリストさんとも一緒に撮影したりして、二人とも楽しそうだ。

表情が豊かで生き生きした二人に比べると、わたしは暗いし地味だな……と思ったりする。

「時彦さん、下のカフェで待ってるんでしょ。本当に素敵に仕上がったから、今日はいっぱい楽しんできてね」

「ありがとうございます」

スタイリストさんにお礼を言って、麦と一緒にエレベーターで、表通りに面した一階のカフェまで降りる。

語部さんのときも、語部さんは下のカフェで待ってくれていたんだった……。

また思い出してしまう。


――早く行って九十九《つくも》くんを驚かせてあげてちょうだい。

――背中を丸めたり、顔を伏せたりしちゃダメよ。背筋を伸ばして、まっすぐ前を見るの。そうしたらもっと綺麗になれるから。


語部より少し年上くらいの、女性言葉で話す男性美容師さんは、そう言って糖花を送り出してくれた。

エレベーターが止まり、通路側の自動ドアから店の中へ入る。

あのときみたいに、みんなの視線が集まって。

その中に、時彦の姿がある。

大きなウインドウから通りを見通せる明るい席に座り、フォーマルなスーツを着こなしていて、髪も金色なので目立っている。

糖花を見て、よしっ、というように右手をぐっと握り、すぐに晴れやかな笑顔で立ち上がり片手を上げて合図する。

そちらへ移動しようとしたとき。

反対側の、暗い壁際の席に、ここにはいないはずの人を見つけた。


語部……さん？


時間がゆるゆると巻き戻り、はじめて髪を明るく染め、ふんわりカールさせた、あの日のカフェに立っているように錯覚する。

あのときと同じように、スーツを品よく着こなした語部が、テーブル席から糖花をまっすぐな眼差しで見ていて――。

あのとき、なにを考えているのかよくわからない理性的な表情を浮かべていたから、わたしはやっぱり地味なおばさんのままなんじゃないかと不安になった。

それでも静かにまっすぐ向けられる視線に、吸い寄せられるように——。

その目を見つめ返して、背筋を伸ばして、まっすぐ、まっすぐ、彼のほうへ歩いていった——。

周りは見ないようにして、彼だけを瞳に映して、まっすぐ、まっすぐ。

麦が「お姉ちゃん」と焦って呼び止めようとする声が耳をかすったような気がしたけれど、それもすぐに他の話し声にまぎれてしまって。

糖花は、語部の前に立っていた。

語部も無言で席を立つ。

そうして、糖花のほうへ腕を伸ばして——。

糖花の顔から黒縁の眼鏡をはずす代わりに、耳たぶにふれた。

三日月のピアスを指で、そっとなぞって。

あのときと違って、ひどく切なそうに顔をゆがめて。


「弱りましたね……」

あのときと同じことを、あのときよりもっと苦しそうに、切なそうに、言った。

「本当に、弱りました」

耳たぶが燃えるように熱い。

語部の手がそこから離れ、糖花の左の手をとり、強く握りしめて、どんどん歩いてゆく。

席でスマホから会計をすませるスタイルのようで、すでに支払い済みなのか、店員も止めない。

語部に手を引かれて、そのまま店をあとにしてしまった。

◇

◇

◇

「嘘だろ！　おい！」

そんな言葉が口から飛び出すほど、時彦は焦っていた。

このあと、ホテルのレストランで恋人を紹介することになっているのに、その恋人が別の男と手を取りあって、店から出ていってしまった！

マーメイドラインのドレスを着て髪をおろし、メイクも完璧に仕上げた糖花は、そのへんの芸能人が束になってもかなわないほど美しく、しかも清楚さとしとやかさ、気品まで感じさせて、よし！　これならイケる！　と手をぐっと握りしめた。

出資を打診している相手は、美意識が非常に高い。だからこそ、この加工品ではない天然の美しさを認めざるをえないだろう。

やっぱり三田村シェフに頼んで正解だった。

ところが、時彦が手を上げて合図をしているのに、糖花が途中でぴたりと立ち止まった。

糖花の視線は、壁際の席のほうを向いていて。

その先に、あのストーリーテラーがいるのを見て、時彦は仰天した。

なんで、あいつがここにいるんだ！

糖花はもう、時彦も客も店員もすべて消え失せたかのように、語部だけを見てそちらへ向かってまっすぐ歩いてゆく。

まずい！　止めなければ。

時彦は腕や足がテーブルにあたるのもかまわず、夢中で駆け寄った。

糖花が語部のもとに辿《たど》り着く。

語部が立ち上がり、両手を伸ばして糖花の頬を包むようにふれる様子は、ロマンチックな映画の一場面のようで、客も店員も感動のおももちで見ている。

なにかの撮影だと思っているのかもしれない。

くそっ、まずい、まずいぞ！

糖花は語部に手を引かれ、二人で足早に店を出ていってしまった。

どうするんだよ！

約束の時間は迫っている。

ドイツ人の血が少し混じっているせいか、時間や約束ごとに日本のビジネスパーソンばりに厳しい人なので、遅刻もリスケも絶対ダメだ。

一人でのこのこ出向いて、恋人が他の男と逃げたと告げるのも、もちろんダメに決まってる。

「てか、ドレスも靴もレンタルだから、二十四時間以内に返却しないと延滞料金をとられるんだぞ。くそっ、あのストーリーテラーに請求してやる」

悲嘆のあまり、みみっちいことをつぶやいたとき。

「時彦さん、お姉ちゃんがごめんなさい」

すまなそうに声をかけられて顔を向けると、ブレザーの制服を着た麦が立っていた。

三田村シェフの妹で、郁斗と同じ歳の女子高生だ。

時彦より十歳以上も若い。

だが女性には変わりない。

藁《わら》にも縋《すが》る思いで右手を差し出し、頭を下げた。

「麦ちゃん！　お願いしまーすっ！」

◇　◇　◇

「えっ、ちょっと、あたし、これから学校へ行ってチア部の打ち合わせが」

「そこをなんとか！　もう麦ちゃんしかいないんだ！　頼む！」

そんなやりとりのあと、麦は制服のまま、六本木のホテルの最上階にある三つ星レストランの個室へ案内されたのだった。

あたしがお姉ちゃんの代わりだなんて無理だよ。

時彦さん、前にカタリベさんが泊まってる駅前のホテルに一緒に行ったときは、SNSに女子高生とパパ活してるって投稿されて、また炎上したら困るって、そわそわしてたのに。

時彦があんまり必死な顔つきなので、断れなかった。

それに、姉が語部といなくなってしまったことにも、妹として責任を感じる。

仕方ないなぁ、もう。

最上階の開放感のある風景を眺めながら、ふかふかの絨毯《じゅうたん》を通学用のローファーで進み、お店の人にドアを開けてもらい個室へ入ると、四人がけのテーブルに相手の人が先に座っていた。

えっ。


向こうが目を見張るのと同じタイミングで、麦も目をぱちくりする。

なぜなら、相手が四十代ほどに見える外国人の男性だったからだ。

え？　ええっ？

時彦さんに、出資の見返りに私生活でもパートナーになってほしいって迫ってるのは、高級ホテルやレストランを経営してる実業家だって聞いてたけど、女の人じゃなかったの？

男の人？　それに外国人？

褐色の髪にエメラルドの瞳で、ほんの少し垂れ目で、笑ったら大人の男性の色気と愛嬌がこぼれそうなチャーミングな顔立ちなのに、ムッとしているせいか気難しそうな人に見える。

って、あたし、睨《にら》まれてる？

お店の人が椅子を引いてくれて、彼の向かいの席に時彦と並んで座る。

時彦が麦の分の飲み物も注文して、お店の人が出ていったあと。多分フランス語と思われる言葉で時彦が相手に話しかけ、向こうも麦にはわからない言葉で答えた。

わからないけれど、ひんやりした口調や値踏みされているような厳しい目つきから、おおよそのニュアンスは伝わってくる。

「麦ちゃん、この人がおれが出資をお願いしているアルベール・デュボアさん。アルはフランス人で、おれがフランスでパティシエ修業をしていたときに働いていた店のオーナーの息子さんで、そのとき知り合ってお世話になった人なんだ」

時彦はやけににこにこしているけれど、口の端がこわばっている。きっと内心はドギマギしているのだろう。

麦もぎこちなく頭を下げた。

「み、三田村麦です。今日はよろしくお願いします」

ボンジュールとか言ったほうがよかっただろうか？

けどフランス語なんて、お菓子の名前くらいしかわからない。

すると向こうが日本語で尋ねてきた。

「きみは、学生か？」

発音が正確すぎるせいで、いっそうぶっきらぼうに聞こえる。

麦に向けられている視線も、ずっと険しいままだ。

「はい、高校生です。二年生になります」

アルベールが信じがたいという表情で、

「Une lycéenne（女子高生）」

と、つぶやく。

それからエメラルドの瞳にまた鋭い光を浮かべて、疑わしそうに言った。

「トキヒコの恋人は、月の女神のような絶世の美女と聞いていたが」

うわ～、やっぱりあたしじゃダメじゃない。

「ごめんなさいっ、期待させちゃって！　時彦さんてば、おおげさで」

「なに言ってんだ。麦ちゃんはこんなに可愛いじゃないか。目も子犬みたいに、くりっとしてて大きいし、ほっぺも健康的でつやつやだし、おれ基準じゃ麦ちゃんは月のお姫さまだ、かぐや姫だ」

ああ、時彦さん、ヤケになってる。

「……仕事でも非常に才能にあふれていて、一目置いていると」

「む、麦ちゃんはお姉さんのパティスリーの主力スタッフで、店の看板娘なんだ。販売員《ヴァンドゥール》のコンテストで優勝間違いなしの逸材《いつざい》で、ぜひおれの店にスカウトしたいと目をつけてたんだ」

「近々結婚すると言っていたようだが」

「結婚！」

思わず口にし、慌てて両手で押さえる。

それはもう恋人っていうより婚約者じゃない。

婚約者のふりをすると言ったら、語部はたとえ時彦にどれだけ借りがあっても黙ってはいなかっただろう。

もっとも、恋人のふりでさえ我慢ができずに姉を連れ去ってしまったのだが。

おかげで麦が時彦の婚約者として、時彦を愛する男性に紹介されている。

「ああ、日本は十八歳で結婚できるから。麦ちゃんが高校を卒業したらすぐに式を挙げる予定で」

ちょっと！

麦は時彦の足を蹴《け》りそうになった。

いくらなんでも無茶すぎだ。

もともと糖花を想定していたのが麦が代理になったため、あちこち辻褄《つじつま》が合わなくなっている。

さすがに時彦も苦しそうだ。

ひとつめの嘘が、二つめの嘘の足を引っ張っているのだ。

まだ注文した飲み物も運ばれて来ていないのに、早くも麦が偽の恋人だとバレそうだ。

「Etrange（おかしい）。本当にきみはトキヒコと交際しているのか？」

アルベールが麦に直接訊《き》いてくる。

ああ、やっぱり。

どうするの、時彦さん。

「は、はは……やだな、アル。おれと麦ちゃんは熱々の恋人同士に決まってるじゃないか。てか飲み物遅いな」

時彦のこめかみには汗がにじんでいる。そろそろ限界だ。

もう謝っちゃったほうがいいよ、時彦さん！

そのとき、個室のドアがノックもなく開いて、金髪の小柄な男の子がはずむような足取りで入って来た。

郁斗だ！

普段はゆるっとしたカジュアルな私服を着ているのに、いいところのおぼっちゃまっぽいフォーマルなジャケットにパンツだ。

実際、郁斗は星住《ほしずみ》グループの総帥を祖父に持つ御曹司《おんぞうし》だったりする。

けれど、なぜ郁斗が現れたのか？　時彦と打ち合わせていたわけではなさそうで、時彦も、おまえ、なにしてんだ！　という顔をしている。

「遅れてごめん！　あ、まだアミューズも来てない感じ？　やった」

「きみは誰だ？　どうやって入ってきた？」

「ここ、家の人とよく来るから、お店の人たちとも顔見知りで。時兄ぃと待ち合わせてるって言ったら、こちらですって普通に案内してくれたよ」

郁斗がすらすら語る。

四人がけのテーブルの空いている席に、自分で椅子を引いてさっさと座り、隣のアルベールに笑顔で挨拶した。

「はじめましてアルベールさん。星住郁斗です。時兄ぃとは親戚で、恋人です」

時彦のほうから、叫びをのみ込むヒュッという音が聞こえた。

麦も唖然《あぜん》だ。

郁斗くん、なに言ってるの！

ところが、それまでずっと疑わしげな険しい表情をしていたアルベールが、郁斗の言葉を聞くなり、ハッ！　とし、うろたえだした。

「そうか、きみがイクト……C'est donc vrai,（そうか）Je n'y croyais pas.（そうだったのか）」

肩をがくりと落として顔を伏せ、麦にわからない言葉で、しきりにつぶやいている。

◇　◇　◇

おかしい。どうしてこうなった？

時彦は頭がぐらぐらしていた。

向かいの席では郁斗がにこにこ笑っていて、その隣でアルベールがうなだれ、なにかつぶやいている。

ひとつ嘘をついたら、二つ目の嘘がはじまって、三つ目でとんでもないことになっている。

アルベールが顔を上げ、苦悩のにじむ顔を時彦に向けた。

「……トキヒコはフランスにいたころから、よく親戚の『イクト』の話をしていたが……恋人だったのか」

確かに、郁斗のことはアルベールにも語っていた。

親戚の子で、おれをリスペクトしていて、おれがお菓子を作ってるときは、ずっとそばで見ているのだと。

おれのファン一号だから、今ごろ日本でおれのお菓子を恋しがっているのではないか、仕方ないから次の休暇のとき郁斗の家でなにか作ってやると。

単なる自慢で、恋人だなんて言ったことも匂わせたことも、一度もないはずだ！　けどアルベールは郁斗の嘘を信じているようで、時彦が罪悪感を覚えるほどショックを受けている。

それだけではない。

「では、ムギはカムフラージュか」

などと言い出して、それに対して郁斗がまたけろりと、

「違うよ、麦ちゃんともつきあってるんだよ。おれたち、三人で結婚するんだ。ね、麦ちゃん、時兄ぃ」

あまりの言葉に、麦は声を失っている。

三人で結婚なんて新しすぎだろ！　そもそもおれは二股なんてしない！　週刊誌に書かれたグラビアモデルとアイドルとの二股交際は全部でっちあげだ！

ＳＮＳで炎上したトラウマを呼び覚まされて、そう叫びたい。

アルベールは目をむいたまま硬直している。

「あ、おれと麦ちゃん、『月と私』って洋菓子店で働いてるから、今度ケーキを食べに来てよ。うちのケーキ、めっちゃ美味しいから」

郁斗が爽やかな笑顔を振りまきながら、とどめの言葉を放った。

しかも流暢《りゅうちょう》なフランス語で。

「Si tu veux sortir avec Toki, tu dois sortir avec Mugi et moi également.（時兄ぃとつきあいたいなら、おれと麦ちゃんとも平等につきあってもらわないと）」

アルベールの頭が、今度はぐらりと揺れる。

「Non, mais, c'est quoi cette histoire?（いや、それはちょっと）……」

郁斗から目をそらし、顔を伏せ、またぶつぶつぶやき出して、

「Je suis désolé.（す、すまない）Je ne me sens pas bien.（少し気分が……）」

ふらりと席を立ち、よろめきながら個室から出ていってしまった。

どうやら、つきあえないと納得してもらえたようだが……アルベールのあの様子だと、出資の話も微妙ではないか？

店の人が困惑しながら、

「デュボアさまがお帰りになりましたが、お食事はどういたしましょう」

と訊きにくる。

「あ、平気、持ってきて。それとワインリスト見せて」

郁斗が答え、「申し訳ございません、未成年のかたにお酒はお出しできません。ノンアルコールのリストをお持ちします」と断られているが、とてもフランス料理のフルコースを食べる気分ではない。

アルベールに三つも嘘をついたことも、今さらながら胸がズキズキ痛む。

あ～、くそっ、最低だ、最悪だ。
フランスで修業中、狭くて古いアパートへの徹夜明けの帰り道、背中に紙の魚をこっそり貼られて、子供たちに『ポワソン・ダブリル！』と、からかわれたことを思い出す。
なんのことだかわからず、背中に魚を貼りつけたまま歩き続け、市場で買い物までして、何人もの人にくすくす笑われた。

――ポワソン・ダブリルだ。

――ポワソン・ダブリルね。

――やぁーい、ポワソン・ダブリル～！

頭の中を、間抜けな顔をしたお菓子の魚が、ふよふよ泳いでゆく。
嘘をついたのは時彦のほうなのに、背中に紙の魚を貼りつけている気分だった。
四月バカのバカは、嘘をつかれたほうだけではなく、嘘をついたほうにも言えるのかもしれない。

ああ、そうか。

「バカな魚はおれだったんだな……」

痛い後悔とともにつぶやいた。

第三話

さらさら甘ぁい
アングレーズソースに、
ふわふわの淡雪卵《メレンゲ》を浮かべた
ウフ・ア・ラ・ネージュ

Episode 3

「誠に申し訳ございませんでした」

「ごめんなさいっ、麦」

スーツを着た語部と、ドレスを着た糖花がそろって頭を下げる。

休業日の店内で、麦は先ほどから二人の謝罪を受けている。

ホテルの三つ星レストランの個室で、うなだれる時彦と、明るい郁斗と、三人でフルコースを食べて帰宅した。

美味しいはずの料理の味を、ほとんど覚えていない。ひたすら重苦しい気持ちで春キャベツのポタージュスープをすすり、真鯛のポワレや子羊のローストをナイフとフォークで切り分け、ちびちび食べた。デザートは苺のババロアだったような気がする。

「本当にごめんなさい」

内気な姉が、身を縮めてか細い声で謝る様子はこれまで何度も見てきたけれど、語部がこんなふうに平身低頭するのはレアではないか。

二人ともずっと顔が赤い。

ひどく申し訳なさそうなのはもちろんだが、同時に非常～に恥ずかしそうでもある。

一体、あのあとお姉ちゃんとカタリベさんに、なにがあったんだろ。

帰宅途中、『月と私』のパートの君里《きみさと》寧々から、麦のスマホに緊急メッセージが届いた。

寧々はひょろりと高い背に眼鏡をかけていて、旦那さんの転勤で山梨から引っ越して来た主婦だ。細かいことが目につきやすく、また物事を大袈裟《おおげさ》にとらえて勘繰ってしまう性格で、よく自転車でご近所のあちこちを巡り、さまざまなものを見聞きしては、スマホのグループメッセージで報告してくる。

この日寧々が目撃したのは、店の前でちょうどタクシーから降りてきた語部と糖花の二人だった。

糖花は語部のものと思われるぶかぶかのトレンチコートをドレスの上から着ていて、車から降りるとき足がよろけて前のめりになったという。

それを語部が抱きとめるように支えて、糖花が真っ赤な顔で、すみません、すみません、と謝っていたと。

肩を小さくすぼめて、うつむきかげんで、本当に申し訳ないことをしでかしてしまったような様子でした、と。

支える語部はビジネスパーソンのようなスーツ姿で、こちらも自分を責めているような切なげな表情で、

――私が靴擦れに気づかず、長い時間歩かせてしまったから。

と言い、それに対して糖花もますますしゅんとして、

――普段、こんなお洒落な靴をはく機会がないので。わたしの足がやわなんです。

――いいえ、私の配慮が足りませんでした。ゆっくり歩いてください。あと少しです。

――あの、自分で歩けますから。

――かかとの上と指の付け根に血がにじんでるじゃありませんか。それに、つま

先も。

——あ、あの、かかえていただかなくても、あの……っ、本当に自分で歩けます！

語部が抱きかかえようとするのを、糖花が必死に止めて——語部に支えられて裏口から店に入っていったのだと。

二人ともただならない雰囲気でした！　という寧々のメッセージが投稿されたあと、グループに入っている他のパートさんたちからも、

『今日は、糖花さんは桐生シェフの恋人役で三つ星レストランでランチをいただいてるはずでは？』

『なぜ語部さんと一緒に？』

『そのあとどうなったんですか、寧々さん！』

といったメッセージが次々寄せられた。

カタリべさんがお姉ちゃんを連れ去ったと知ったら、もっと大騒ぎになるんだろうな。

郁斗くんに口止めしておかないと。

けどもう、みんな察しているかも。

糖花は華奢なパンプスの代わりにつっかけのクロッグシューズをはいていて、かかとの上や甲にぺたぺたと医療テープが貼ってある。テープ……貼りすぎじゃない……？　というほど多いのは、語部が手当をしたのかもしれない。

まだエレガントなドレスを着たままなので、ものすごいアンマッチだ。

姉が目をうるませて言う。

「まさか麦が、わたしの代わりをしているだなんて思わなくて。ごめんなさいっ」

「私も、麦さんがあの場にいたことに気づけず申し訳ありません」

うん、カタリベさんもお姉ちゃんしか目に入ってない感じだったよね。

と心の中でつぶやいて、麦は苦笑した。

「あたしのことは、もういいよ。ほら、三つ星レストランのコースも食べられたし」

味がよくわからなかったけど……。

「そうだよ」

と明るく言ったのは郁斗だ。

ランチのあと、暗くうなだれる時彦と別れて、郁斗は麦にくっついて店まで一緒に来たのだ。

郁斗は時彦について行こうとしたのだが、時彦が、

——悪い……自分のバカさかげんを猛省中なんだ。一人にしてくれ。

と低い声で言い、さすがの郁斗もそれ以上絡めなかったようだ。

「あの場はおれと麦ちゃんのほうが、インパクトがあってよかったよ。糖花さんが行っても、糖花さん、演技するの下手《へた》そうだし、偽の恋人だってバレてたと思うから。結果オーライってことでさ」

あのとき郁斗は、お店の人に『おれ、サプライズ参加だから、急に入っていってみんなを驚かせるんだ』と言って、ドアの前で中の様子をうかがっていたという。アルベールが麦を問いつめ出したので、これはいよいよマズいと、あの場に割り込んだのだと。

時彦が普段から郁斗の話をアルベールにしていたことで、郁斗が恋人だという説得力が増し、男の子とつきあっていたのかというインパクトに加えて、

——おれたち、三人で結婚するんだ。

という、郁斗のあのあっけらかんとした発言が、決定打になったのだろう。

アルベールはよろめきながら出ていってしまった。

ランチの相手が時彦よりだいぶ年上のフランス人男性だったと知って、糖花も驚いていた。

「そ、そう、だったんですね」

「……私は存じておりましたが」

語部が控えめに言う。

レストランのオーナーのことを調べたらしい。

アルベールの一族は有名なホテルや飛行機会社を経営していて、アルベールもまたやり手の実業家だという。

四十三歳の今に至るまでずっと独身で、浮いた噂《うわさ》もなく、発展途上国への支援なども積極的に行っている立派な人物だと。

「まぁ……真面目《まじめ》そうな人だったよね。フランスの人ってもっと軽やかなイメージなのに」

「アルベールさん、時彦さんへの気持ちも真剣みたいだったし……時彦さんもアルベールさんに嘘をついたことを、後悔してたよね」

「……時兄ぃ、ナイーブだから」

「あたしも胸が痛いよ」

「なんか、おれもズキズキしてきた……あそこまでショックを受けると思わなくて……やりすぎたかも……」

麦と郁斗がしゅんとすると、糖花と語部もまた暗い顔になる。

窓の外も曇ってきて、雨までぽつぽつ降り出した。カーテンを閉めたままで灯りもつけていないので店の中がどんどん暗くなってゆく。

四人でどんよりしていたとき。

ふいに郁斗が、

「あっ！」

と声を上げた。

「アルベールさんだ」

カーテンの隙間《すきま》から、スプリングコートを羽織った外国人の男性の姿がちらちら見える。

店の前を行ったり来たりしているようで、肩を落とし、うなだれている。

「本当だ、アルベールさんだ。お姉ちゃん、カタリベさん、アルベールさんが来ちゃったよ」

自分はなんと未練がましく、しめっぽい男なのかと、アルベールは煩悶《はんもん》していた。

人生のパートナーにと望んでいた時彦に、若い恋人が二人もいて、しかも三人で結婚するつもりだという。

◇　◇　◇

すっかり動揺して、レストランのスタッフへの言い訳もそこそこに、逃げるように店を出たというのに、時彦の恋人たちが働いているというパティスリーに来てしまった。

『月と私』という店名で住所を調べ、タクシーで店の前に辿り着いた。

戸建てが並ぶ住宅地の片隅の小さな店で、水色の屋根とそれより淡い水色の壁がメルヘンチックだ。

黄色と水色の丸い円を重ねた看板に、漢字と平仮名で店名が記載されている。

ここへ来る途中にも、黄色と水色の丸を組み合わせた看板があった。

入り口のドアに『close』の札がかかっている。本日は休業日のようだ。

それに『イクト』も『ムギ』も今ごろ時彦と三人で仲良く語らっているだろうから、店に来ているはずがないのだ。

だいたい、彼らに会ってどうしようというのか？

まだ十代の二人に向かって、私も仲間に加えてくれとでも言うつもりか？

四十男の私が？

そんなことできるはずがない。

そうではなくて……ただ私は、トキヒコのパートナーがどんな人間なのか気になって……。

なぜトキヒコは彼らを選んだのか？

私ではダメだったのか？

アルベールが時彦とはじめて会ったのは、十年ほど前だ。

時彦はまだ十代で、アルベールの父がオーナーを務めるパリのパティスリーで修業をしていた。

あのころの時彦のフランス語は、ひどいものだった。

発音がめちゃくちゃで、言葉につまるとテンパって英語と日本語を交ぜてくるから、ますますおかしなことになる。

スタッフや客にくすくす笑われて、悔しそうに顔を赤らめていた。

それでもひるむことなく、自分からコミュニケーションをとろうとする気の強さと真面目さが、アルベールの興味を引いた。

言葉もろくに話せないのに、若さの勢いだけで日本を飛び出してきて、髪を金色に染めていきがっていて。フランスでは金髪より、褐色の髪の割合のほうが多いというのに。

虫やねずみが苦手なようで、倉庫にねずみが出たときはそれはもう大騒ぎで、悲鳴を放って逃げまどい、アパートにもねずみが出る、街中なのに虫も多すぎだと、真っ青な顔でぶるぶる震えながら言う。

ただでさえ少ない給料を、虫用のスプレーや、ねずみとりのグッズを購入するのに使い果たして、

――メシ代がなくなった。

と、しょんぼりしていた。

きっとトキヒコは育ちが良いのだな……と、アルベールは思っていた。

いきがっているのに、礼儀正しくもあり、神経質で潔癖《けっぺき》なところが可愛らしく感じた。

時彦は仕事が終わったあと、厨房に残って毎日シュー生地を習作していて、お金がなくなると、それを難しい顔で食事がわりにしていた。

こんなんじゃない。

もっとうまく焼けるはずだ。

どうしたらイメージ通り、うまくできる？

そんなことを悶々と考えているようで、アルベールが、

――失敗作でも美味しく食べられるほうがいいだろうから、ラスクにしてみたらどうだろう。

と言ってみたら、

――それ、いい案だな！


と笑顔になった。

下手くそなフランス語と、子供のように無邪気な笑顔との相乗効果に、アルベールの顔は自然とゆるんだ。

このころには、すでにアルベールと時彦は親しく言葉を交わすようになっていた。

立場も違えば年齢も離れている。

アルベールは周りから厳しく気難しい人物と見られていたので、時彦の立場なら普通は腰が引けてしまうだろう。
ところが時彦はアルベールに対して礼儀正しくはあるが、少しも萎縮《いしゅく》してはいない。卑屈さがなく、自然体だった。
地位や財のある相手とのつきあいに慣れているようで、ここでも育ちの良さを感じた。

——アルに言われて作ってみたラスク、うまくできたから食べてみてよ。

バターを塗ったシュー生地にバニラシュガーをまぶし、鉄板で焼き直したラスクを得意顔で差し出して。

——なら、シャンパンと一緒にいただこうか。とっておきのやつを開けよう。

と、真夜中の厨房で二人でグラスをかたむけて、ラスクをつまんだ。
ガリガリと小気味良い歯ごたえのラスクは、それは甘い味がした。
ラスクを口にするアルベールを、シャンパンに酔って目の下が少し赤い時彦がわくわくしている様子で見ている。

東洋人特有の黒い瞳がうるんで、きらきらと輝いていて、しびれるほど魅力的に見えたのは、アルベールも酔っていたからだろう。

父の母親違いの弟で、アルベールの叔父《おじ》であるシモンは、日本人の女性とつきあっていた。

当時シモンは大学生で、アルベールたちと同居していた。

シモンの恋人は同じ大学に通う日本からの留学生で、彼によく会いに来ていたのだ。

夜の闇《やみ》のように青みがかった黒く長い髪と、濡れたような黒い瞳が美しい女性だった。

声もまたしっとりと優しく、彼女の淡い桜色の唇からこぼれる異国の言葉はまるで魔法の呪文のようで。

まだ子供だったアルベールは、うっとりと聞き惚れたものだ。

日本語も、彼女から学んだ。

アルベールが教えてほしいとせがんだのだ。

彼女がアルベールの先生だったのは短い期間ではあったが、強く印象に残っている。

だから、もともと日本人に好感を持っていた。

アルベールが時彦に惹かれたのは、自然な流れだったのだろう。

時彦も金髪の下に、彼女のような夜の黒髪を隠しているのだろうか？

想像しただけで、頭がしびれた。

時彦との真夜中の厨房での語らいは、一定の間隔を空けて続き、アルベールは仕事で忙しいときも時間を作って時彦に会いに行った。

時彦のフランス語のおかしな発音や、誤った使いかたを、アルベールがやんわり指摘し、

——私が言うとおりに真似《まね》てみるといい。

ゆっくりと単語を繰り返すと、時彦はアルベールの口もとを見つめながらじっと耳をかたむけて、自分も同じように唇を動かして、アルベールの言葉を、ぎこちなくなぞった。

——よし、今のはよかったぞ。

褒めると、あの無邪気な笑みを浮かべる。

子供のころ、叔父の恋人の日本の女性に教わったように、今度はアルベールが日本の青年に自国の言葉を教えている。

そのことに不思議な感動を覚えていて、時彦への気持ちもますます高まっていった。

先生をしてくれるお礼だと言って、時彦は習作のケーキやサブレやデセールをアルベールに振る舞った。

——な、このパリ・ブレストは自信作なんだ。どうだ?

身を乗り出して感想を求めてくるのも可愛らしく、アルベールは頬をゆるめて、

——ああ、美味しいよ、トキヒコ。

と答えていた。

たとえ口に合わないものを出されても、時彦の作ったものならこの上なく美味に感じただろう。

アルベールが甘い気持ちでそう自覚するころには、時彦のフランス語はかなり上達していた。

製菓の技術も目に見えて向上し、店の中で頭角をあらわしていった。少年っぽさが薄れ、自信にあふれた成功者の輝きをまといはじめて。

それを見ているのも楽しかったし、誇らしかった。

ほら、私のトキヒコは素晴らしいだろうと。

——アルはモテるのに、結婚しないのは独身主義者だからか？

軽い口調で尋ねられて、

——私は同性しか愛せないんだ。

と打ち明けた。

——トキヒコのことも恋愛対象として見ている。私のパートナーになってくれないだろうか？

換気扇の回る音しか聞こえない、真夜中の静かな厨房で、膝が震えそうな不安な気持ちで告白すると、時彦は驚いた顔をしていた。

もし、これでトキヒコとの関係が断ち切られてしまったら。考えただけで頭の中が真っ暗になった。

沈黙が続いたあと、時彦はアルベールの目をじっと見て真剣な口調で言った。

——ごめん、アル。

——おれは、アルの恋人にはなれないよ。でも、アルの真面目でロマンチストなところは好きだ。

——アルのこと、尊敬できる友人だと思ってる。

失恋してしまったが、時彦は変わらず接してくれて、それでじゅうぶんだった。

時彦の恋愛対象が女性なのは見ていればわかるし、この恋は実らないと判断できるくらいにはアルベールは冷静で分別もある大人だったから。

それに、時彦にカミングアウトしたことで、気持ちを隠さずともよくなり、

——愛しているよ。トキヒコが私のパートナーになってくれたら、パティスリーの二、三店くらい、すぐプレゼントするのに。

などと冗談めいた軽口を言えるようになった。

——だから、ダメだってば。おれは自分の力で、おれの店を持つんだから。

時彦も笑って答える。

そんなくすぐったいやりとりが楽しくて、今の関係に満足していた。

時彦の店が閉店に追い込まれて困っていたとき、アルベールが出資している三つ星レストランのチーフパティシエにならないかと誘った際も、時彦はやっぱり笑って、

——またパートナーになるのが条件？　それはダメだって言ってるだろ。心配してくれてありがとう。おれはもう、パリのパティスリーでシュー生地ばっかり焼い

てた見習いじゃなくて、フランス帰りの若手ナンバーワンパティシエなんだぜ。自分でなんとかするから平気だ。

と、やっぱり断られた。

そんな時彦が、今度は自分のほうからアルベールに出資を頼んできた。

円安で景気が冷え込み、ケーキに使う材料費も高騰している今の日本では、時彦の高い理想を十全に叶える出資者を見つけるのは難しく、追いつめられていたのだろう。

——情けないけれど、アルしかいないんだ。おれと一緒にビジネスをしてくれないか？　絶対にもうけさせるから。

苦しそうにそう言われたとき、胸を焦がすほどの欲が生まれた。

あれだけアルベールの援助を断っていた時彦が、自分から頼みに来たということは、アルベールの条件をのむ意思があるということで。

今なら、手に入れられるかもしれない。

――トキヒコが望むだけの出資をしよう。ただし、トキヒコが私生活でも私のパートナーになってくれるなら。私は心の底から喜んで、私の大事なパートナーを援助しよう。

今度は、アルベールにも時彦にも笑顔はなかった。

時彦は目を伏せ、絞り出すような声で言ったのだ。

――今、真剣につきあってる女性がいて、結婚を考えてる。

だから、私生活ではアルベールのパートナーにはなれないと。

正直、腹が立った。

私に出資を求めてきたのは、私のパートナーになる覚悟を決めたからではないのか？

都合のいい男になるのは、ごめんだ。

――ではトキヒコの恋人に会わせてほしい。私の条件を断るほど魅力的な相手なら、私もビジネスでの出資に徹しよう。

きっと、以前に時彦と噂になったモデルやアイドルのように、多少見栄えが良いだけの安い女性なのだろう。

そうした女性たちは地位のある男性に群がるもので、アルベールは自身の経験から彼女たちを嫌悪していた。

一緒に食事をして、ちょっと威圧してやれば怯えて逃げ出すだろう、手切れ金を渡してやってもいい、きっと卑屈な態度で受け取るだろうと考えていたのだ。

ところが、時彦が連れて来たのはモデルでもアイドルでもなく、ブレザーにプリーツスカートの制服を着た素朴《そぼく》な女子高生だった。


まだ子供じゃないか！


日本人は若く見えるので余計にそう感じ、驚いた。

愛らしく素直そうな少女だが、彼女が婚約者というのは無理がある。

時彦は、仕事でも彼女に一目置いていると言っていなかったか？

辻褄があわない！

そこへ今度は、麦よりさらに幼く見える、髪をきらきらした金色に染めた少年が登場し、

――はじめましてアルベールさん。星住郁斗です。時兄ぃとは親戚で、恋人です。

明るい声で言い放った。

『イクト』のことは時彦がよく話していたので、アルベールも知っていた。

親戚の男の子で、おれのお菓子の大ファンなんだと。

それはもう、頻繁に。

イクトからメッセージが届いたとか、今度の休みにイクトにおれのケーキを食わせてやるのだとか。

弟のような存在なのだな……と微笑ましく聞いていたのだが、まさか恋人だったなんて！

トキヒコの指向はストレートではなかったのか？

男性も恋愛対象だったのか？

私の求愛をトキヒコがかわし続けていたのは、私が男だからという理由ではな

かったのか！

プロのボクサーに頭の横を思いきり殴られたような衝撃だった。

それだけではない！

時彦は郁斗と麦と三人でつきあっているという。

三人で結婚するつもりだと！

アルベールの祖父も父親も、恋愛に対して奔放《ほんぽう》だった。

父は結婚と離婚を三回も繰り返し、他にも複数の愛人と同時進行で関係しているというだらしなさだ。

半分ドイツ人の血を引く母も、アルベールが幼少のころに家を出ていってしまった。今はイタリアで何人目かの恋人と暮らしている。

そういう親族を苦々しい思いで見てきたからこそ、アルベールは恋愛に対して真面目だった。

男性しか愛せない性質ではあるが、想う相手には一途《いちず》で誠実であろうとしてきたつもりだ。だから時彦の潔癖な部分を好ましく感じていたし、時彦も自分と同じ恋愛観だと思い込んでいた。

二股交際が報じられたときも、

——おれは、同時に二人とか三人とかとつきあったりしない！

と憤慨するのを見て、ほっこりしていたくらいだ。

それが違った！

天地がひっくり返ったくらいの衝撃で、

——時兄ぃとつきあいたいなら、おれと麦ちゃんとも平等につきあってもらわないと。

天使のようにあどけない顔をした少年に、完璧なフランス語でそんなふうに言われて、もつれて転びそうな足で逃げ出したのだった。

四人でつきあうなんて、私には絶対に無理だ。

なのに、こそこそ店をのぞき見たりして、みっともない。

空が曇り、雨までぱらぱら降ってきた。

住宅地の片隅で、タクシーなどまったく通りそうにない。

店の水色の屋根の下で、空と同じように暗い気持ちで雨宿りしながら、またちらちらとカーテンのあいだから中をうかがっていると——。

『close』の札がかかっていたドアが、音もなくすーっと開いた。

「！」

不審者と思われて、店の人が様子を見に来たのかもしれない！

慌てるアルベールの目に映ったのは、仕立ての良さげな白いシャツとダークグレーのスラックスに、腰で巻くタイプの黒い縦長のエプロンを巻いた男性だった。

背がすらりと高く手脚も長い、日本人離れしたスタイルで、顔立ちも整っている。

黒い髪は前髪を後ろに撫でつけ、エキゾチックな黒い瞳でアルベールを見て微笑み、それは優雅に一礼した。

「Bienvenue à la confiserie des conteurs.（ストーリーテラーのいる洋菓子店へようこそ）」

艶やかでなめらかな、魅惑的な声がアルベールの鼓膜《こまく》を震わす。

美しいフランス語だ。

ストーリーテラー？

語り手？

店名で住所を調べたときも、そんな言葉を見かけたような気がする。

店員がフランス語で続ける。

「私は当店のストーリーテラーの語部九十九でございます。アルベール・デュボアさまでございますね。本日は少し早めのイースター前夜祭にお越しくださり誠にありがとうございます」

私を知っている！

深みのある艶やかな声で流れるように語られ、うろたえながら店に入ると、中は照明がともっていて明るかった。

バターやカスタードクリームの甘い香りや、フルーツの爽やかな香りが鼻をくすぐる。

壁に水色と黄色のリボンでラッピングしたサブレやメレンゲ菓子、個別包装したフィナンシェやマドレーヌ、それに手のひらにのるほどの平べったい小さな水色の缶などが並んでいる。

そのどれもが、三日月、半月、満月と、月の形をしていて、非常に愛らしい。

窓辺には、白い丸テーブルと椅子が三組設置されている。

正面にはショーケースとカウンターがあり、そこは空っぽだが、その奥のガラスの壁で仕切られた厨房に白いコックコートを着た、ほっそりした若い女性が立っていて、はにかむような表情で、そっと会釈してきた。

さらに、ジャケットの代わりにコックコートを着た郁斗と、制服のブレザーを脱いで腰に白いフリルのエプロンを巻いた麦までいて、明るい笑顔でアルベールを迎えてくれる。

「お店に来てくれてありがとうございます、アルベールさん」

「おれはまだ見習いだから、うちのシェフのとびっきりのイースターのデセールを食べていって！」

麦は日本語で、郁斗はフランス語だ。

どちらの口調もあたたかく、アルベールを歓迎する気持ちがあふれている。

もしかして、私が四人で交際しようと言いに来たと思っているのだろうか……いや、そういうわけではないのだ……。

「どうぞ、こちらへ」

語部に、なめらかなフランス語で席に案内され、洗練された動作で椅子を引かれて、つい腰をおろしてしまう。

語部は一度下がり、すぐに銀のトレイに細長いワインのグラスと小菓子を並べた皿をのせて戻ってきた。

「デセールの仕上がりまで少々お時間がかかります。そのあいだ、こちらをつまみながらおくつろぎください」

テーブルにグラスや皿を並べる手つきも、星つきのレストランの給仕並みに優雅で洗練されている。

住宅地のこんな小さな店に、これほど上質な店員がいるなんて。

細いグラスに、照りのある金色の液体が静かに注がれる。

細かい泡がゆらめきながら立ちのぼる。

スパークリングワインのようだ。

飲んでみると、泡立ちがきめ細かくエレガントで、口当たりがやわらかい。蜂蜜《はちみつ》と柑橘《かんきつ》の香りがする。

甘すぎず辛すぎず、飲みやすい。

小菓子をのせた皿は白い三日月の形をしていて、やや斜めに配置されている。語部が胸に響き渡るような艶やかな声で、説明してくれる。

「まず上から、淡いピンクと水色と黄色の砂糖衣《さとうごろも》でアーモンドをくるんだ、半月のドラジェ。こちらは砂糖が割れるパリッとした食感と、香ばしいアーモンドのカリッとした食感を一度にお楽しみいただけます」

「次に、満月の蜂蜜レモンのケーキ。こちらは軽い口当たりのスポンジ生地に、爽やかなレモンと甘い蜂蜜が、ふわりと香ります。イースター限定で、表面に可愛らしいうさぎの足跡をつけてございます」

蜂蜜色の丸い生地に、小さな卵の形をした茶色い足跡が四つ、焼きつけてある。縦に二つ並んでいるのが前足で、横に二つ並んでいるのが後ろ足だと、深みのある声が語る。

四つ合わせると矢印のようだ。

うさぎが軽やかに飛び跳ねる様子が見えてきそうな、巧みな語り口だ。

「おしまいは、三日月の胡椒のビスキュイでございます。こちらもイースター限定で、真ん中にこのように卵の割れ目のようなギザギザの模様をつけさせていただきました。胡椒のぴりりとした味わいが心地よい刺激を与えてくれるお品でございます。こちらは赤ワインとの相性が大変よろしいので、ただいま新しいグラスをお持ちいたします」

どれも魅力的だが、胡椒のビスキュイに特に惹かれる。

だが、まずは一番上の爽やかな水色のドラジェを指でつまみ、口へ入れる。

コーティングの砂糖が割れるパリッとした食感のあと、カリッとした軽快な食感が続き、香ばしいアーモンドの香りと風味が広がる。

そこに砂糖の甘さも加わって、楽しい気持ちになった。

スパークリングワインの蜂蜜の香りともよく合い、一粒だけのつもりが水色に続いて、ピンクと黄色も口の中に消えてしまう。


これは、なんて朗らかで繊細な砂糖菓子《コンフィズリー》だろう……。


感心して、今度はうさぎの足跡がついた丸い焼き菓子を手にとる。そのままぱくりと噛《か》みつくと、ふんわり軽いスポンジ生地から、すっきりしたレモンの香りがして、蜂蜜の甘い香りが続いた。

これも、このスパークリングワインと絶妙の相性だ。ケーキとワイン、二つの蜂蜜の香りが明るく絡みあう。

これはたまらない。

ケーキもあっというまに食べてしまう。

残るは、お待ちかねの胡椒のビスキュイだ。

真ん中にギザギザの茶色の焼き跡がついた三日月には、胡椒の粒がぷちぷちと散らばっていて、実にそそられる。

語部が新しいグラスに赤いワインを注いでくれる。

住宅地のパティスリーで提供しているワインだ。そこまで等級の高いものではないだろう。

それが、この胡椒のビスキュイと一緒に味わうと、スパイシーでぴりっとした刺激が赤ワインの渋みとつながり、あざやかに花開く。

華やかで、エキサイティング。

素晴らしい。

菓子とワインのマリアージュに酔うアルベールに、語部が心地よい音楽を奏でるように語る。

「イースターはフランスのかたのほうが、なじみが深いでしょう。春分の後の最初の満月の次の日曜日にイエス・キリストの復活を祝う日であり、春の訪れを祝う日でもあります」

「イースターのシンボルといえば、うさぎと卵でございますね。卵は生命のはじまりと誕生を意味し、うさぎは豊穣《ほうじょう》と繁栄の象徴です。春を告げるうさぎが隠した卵を見つけると、幸運が舞い込むと伝えられております」

ゆったりした心地で耳をかたむけていたアルベールだったが、ガラスの向こう側の厨房でシェフの作業を手伝っている郁斗の姿が目に入り、くるくる動き回るその様子がうさぎのように愛らしく、若さと生命力にあふれているように見えて、しだいに暗い気持ちになった。

「……春のはじまりか。私の春は終わってしまったようだが」

そんなことをつぶやいてしまう。

語部がスパークリングワインのおかわりを注いで言う。

「僭越《せんえつ》ながら、季節は巡るものでございます。春の終わりは、次の春のはじまりでもあるのです。今宵《こよい》は春の最初の満月で、復活祭のうさぎが幸運の卵を運んでくるのはこれからです」

淋しい心に寄り添うような優しい声だった。それから語部は視線をほんの少し厨房のほうへ向け、微笑んだ。

「その前に、アルベールさまに当店の月の魔法がかかったイースターの特別デセールをお召し上がりいただきたく思います」

砂糖と卵とミルク——甘いカスタードの香りがアルベールのほうへ近づいてくる。

「お待たせ！　アルベールさん！」

とびきり朗らかに告げたのは郁斗だったが、銀のトレイでデセールを運んで来たのは若い女性シェフだった。

しとやかに、はにかむような表情で、しずしずと歩いてくる。

これまで遠目には顔立ちがはっきりとわからなかったのが、淡い月明かりの向こうから女神が現れたようだった。

白いコックコートの下から、光沢のあるホワイトグレーのドレスが広がっているので、余計にそう錯覚したのだろう。

足はなぜか、ゆるめのクロッグシューズで、かかとや甲に医療テープをぺたぺた貼りつけている。

それでゆっくり歩いているようだが、そんなことも気にならないくらい——いやかえってそんなところまで神秘的に感じるほど、美しい。

レースに包まれた首筋はほっそりと優美で、白い肌は透き通るようで、内気そうな黒い瞳に清楚さがただよう。

ゆるく巻いた髪を後ろでひとつに結んでいて、ほのかに桜色に染まった白い耳たぶで、銀色がかった淡いピンクの三日月のピアスが可憐な光をたたえている。

アルベールの恋愛対象は男性だ。

が、美しいものに心震える気持ちに、性別は関係ない。

カスタードの甘い香りをまとった月の女神が、彼女にすっかり見惚《みと》れているアルベールの前に、わずかに深みのある白い皿をそっと置く。


「半月のウフ・ア・ラ・ネージュです」


優しい小さな声で、そう言った。

満月の形をした丸い皿には、カスタードと、わずかにレモンの香りもする黄色いソースがたたえられていて、そこに卵の形をした白いメレンゲが三つ——三角形の形に配置されたものが、ふわふわと浮かんでいる。

語部が美しいシェフと控え目に視線を交わし、

「ここからはまた、当店のストーリーテラーである私からご説明させていただきます」

と、深みのある魅惑的な声で語りはじめる。

「ウフはフランス語で卵、ネージュは雪を意味します。ごらんのとおり、こちらは茹《ゆ》でたメレンゲを淡雪の卵に見立てたデセールでございます」

「月の光のような黄色いソースは、クレーム・アングレーズでございます。クレーム・パティシエール――カスタードクリームと似た構成とお味ですが、食感は大きく異なります。アングレーズソースには、コーンスターチや小麦粉などの粉類を加えません。わずかなとろみはございますが、さらさらと軽い口当たりとなります」

「当店のアングレーズソースは、契約農家から届く濃厚でコクのある平飼《ひらが》い卵を使用し、素材の良さを感じていただける味わいに仕上げております」

「また、アングレーズソースの幸福な甘さを、よりお楽しみいただけるよう、メレンゲに砂糖を使用しておりません。メレンゲはレモンと一緒に茹でることで、爽やかな香りをわずかに移しております」

「ひとたび口にすれば、その軽やかさとあでやかな甘さに思わず『ふふ』と笑みこぼれてしまうような、アングレーズソースと淡雪卵のデセールを、どうぞごゆるりとお楽しみください」

語部の豊かな声が、気品ただよう口調が、選別され磨き抜かれた言葉が、真っ白な皿に盛りつけられたデセールに、深い彩りを添えてゆく。

彼の隣で、美しいシェフがしとやかに微笑んでいる。

ほどよく冷えた銀色のスプーンを手にとり、アルベールは淡雪のようなメレンゲの上のほうに、そっと差し入れた。

メレンゲはふよんとした弾力があり、掘り起こすようにして、上部をすくいあげる。

スプーンの上でふるふると揺れる淡雪の卵と一緒に黄色いアングレーズソースもすくい、口に入れると、メレンゲの空気がしゅっと抜けて、ほのかなレモンの香りとともに軽やかにとろけた。

その名があらわすとおり、雪のような食感だ！

アングレーズソースは良質な卵の風味を感じるしっかりコクのある甘さで、さらさらしている。

レモンの香りだけを移した無糖のメレンゲと一緒に食べると、ソースの甘さがやわらぎまろやかになる。

軽やかなメレンゲと甘いアングレーズソースの両方に癒され、心まで明るく軽くなってゆくようだ。

レモンの香りも心地よい。

語部の深みのある声が、その香りに、軽やかな食感に、甘い味わいに、寄り添ってゆく。

「これは、私が月から聞いたお話です」

「若く未来への熱意にあふれた彼は、とある立派なかたから求愛され、いささか騒々しいやりかたでお断りしました。お相手は思慮深く誠実で、申し分のないかたでした。そんな素晴らしいかたに求められて、なぜ彼は断らねばならなかったのでしょう」

流麗なフランス語で語られるストーリーは、時彦とアルベールのことだ。

胸がズキリとし、甘いアングレーズソースを飲み込み、うなだれて答えた。

「……それは、彼にはすでに恋人がいたから」

しかも二人も。

「それだけが本当の理由でしょうか？」

ストーリーテラーがゆっくりと、意味ありげに問う。

「月の裏側が見えないように、表に見えているものだけが真実とはかぎりません。真実の裏には時おり嘘があり、嘘の裏には必ず真実があるのです」

アルベールは戸惑いながら語部を見た。

「きみは……なにを言いたいのだ？」

語部が秘密めいた笑みを浮かべる。

「月のうさぎが運んできた卵の中に、思わぬ真実が隠されているかもしれないということです」

「真実が……？」

「どうぞ、卵をさぐってみてください」

よくわからないまま、ふよふよしたメレンゲの卵を食べ進める。

すると卵の底に、きらきらした金色の雫《しずく》が現れた。

スプーンですくってなめると、甘い！

蜂蜜だ！

二つめの卵の底にも赤紫の雫がアメジストのように輝いていて、口にすると華やかな酸味が突き抜けた。

カシスのジャムだ。

語部の言う〝真実〟がどういうことなのかは、てんでわからないが、単純に楽しくて、わくわくする。

子供のころ、エッグハントに興じたときのことを思い出す。

庭中を探し回って、三色《さんしき》すみれの群れの中に、睡蓮《すいれん》が浮かぶ池のほとりに、マロニエの木の下に、カラフルにペイントされた卵を見つけるたび歓声をあげた。

最後の――三つめの卵の底には、小さな水色の三日月があった。

口の中で味わう。

弾力があり、涼しい風が駆け抜ける。

薄荷《はっか》のゼリーだ！

白い皿が空になるころには、アルベールの目はいきいきとし、唇はほころび、頬はゆるんでいた。

艶やかな声が言う。

「人生を輝かせる宝物は、いたるところに隠れているのです。

たとえ大切なものを失っても、心から望んだものが手に入らなくても、世界に美しいもの、素晴らしいものは、たくさんあるのです」

そうして両手を大きく広げ明るい表情で、さらに声を響かせた。

「例えば、この店内！

あいにくと本日は休業日のため、品物がそろっておりませんが、明日にはあちらのショーケースの上に、桜色のリボンでおめかしした愛らしい子羊たちのケーキが並びます。額に砂糖ペーストで三日月を描いた、小さい子羊と、大きい子羊。二つの子羊を、交互に並べるのです」

「ショーケースの中には、苺のババロアをシャンパン風味のピンクのビスキュイでぐるりと囲んだ、まぁるい満月のシャルロットのアントルメと、プチガトーを！ご婦人たちがかぶる色とりどりのお帽子も、またイースターの春を演出するものでございます」

「当店のスペシャリテである、バターケーキに甘酸っぱいレモンの砂糖衣をかけた満月のウイークエンドにも、うさぎの足跡をおつけします。白い砂糖衣の雪原《せつげん》に、縦に二つ、横に二つ、小さなくぼみをつけるのです」

「大きな苺とピスタチオのムースリーヌの断面が美しいフレジエも、折り重なるフィユタージュがはらはらと崩れる苺のミルフィーユも、とろとろのグラサージュをかけたムース・オ・ショコラも、イースターの時期はすべて卵をイメージした半月で提供させていただきます」

空っぽのショーケースに、卵の形のアントルメやプチガトーが次々と浮かび上がり、桜色のリボンを巻いた小さいアニョー・パスカルと大きいアニョー・パスカルが、ケースの上に並ぶ。

語部の言葉が、その心が浮き立つような春の情景を、アルベールにあざやかに想起させてゆく。

語部は今度は棚のほうへ移動し、そこからまた朗々《ろうろう》と声を響かせた。

「こちらには、ピンク、水色、黄色のパステルカラーのドラジェを卵の形の透明なケースに入れて並べます。もちろんチョコレートの卵も欠かせません。大きな卵の中に、空の水色と月の黄色のアルミでくるんだ小さな卵のチョコレートを忍ばせるのです」

「定番のフィナンシェやマドレーヌにもうさぎの足跡をつけ、粉砂糖をたっぷりまぶした口溶けの良い白いブール・ド・ネージュは卵の形に」

「チョコチップクッキーや、ガトー・ブルトンヌ、レモンのアイシングをかけたサブレも、すべて卵の形で抜かりなくとりそろえております」

語部が店内を歩きながら言葉を紡《つむ》ぐたび、そこにはないイースターのお菓子が現れる。

店の中はあっというまに、卵とうさぎのお菓子であふれかえった。

それればかりか、楽しそうに商品を選んでいる人たちの姿まで見えてくるのだ。

美しいシェフと語部が、時おり視線を交わして微笑みあう様子にも胸が甘くときめいて。

「月が昼間も地球に寄り添うように、お客さまの日常に寄り添い、季節の折々を明るく彩るお菓子を——。それが当店のシェフと私たちスタッフの願いでございます」

「お客さまにたくさんの宝物を見つけてお持ち帰りいただければ、こんなに嬉しいことはございません」

最後に語部が、左手を腹部にあて右手を後ろに回して優雅に頭を下げ、ストーリーを終えた。

春のやわらかな夢の中にいたように、いい気分だった。

そのあと、卵のボックスに入ったドラジェや、うさぎの足跡つきの蜂蜜レモンケーキや、胡椒のビスキュイ、マドレーヌやフィナンシェやガトー・ブルトンヌなど、店内にあるだけの菓子を購入し、店の前まで呼んでもらったタクシーで帰宅した。

棚に並んでいたものの他に、厨房から出してきてくれたものもあり、大きな紙袋三つ分もある。紙袋は水色に黄色い満月、半月、三日月のイラストが印刷されている。

郁斗と麦がタクシーに荷物を運ぶのを手伝ってくれた。

「来てよかったよ、ありがとう」

二人に日本語でそう言って、アルベールはタクシーに乗り込んだ。

最後におだやかな表情で、

「トキヒコと幸せに」

と伝えて。

「え、ちょっと！　アルベールさん、あたしと郁斗くんが時彦さんと三人でつきあってるって誤解したまま帰っちゃったよ～！」

「なら本当に三人でつきあっちゃう？」

「冗談言わないで、郁斗くん！　あーもう、どうしよう」

遠ざかるタクシーのほうを見て焦る麦に、郁斗がまた明るい顔で言う。

「ま、誤解は時兄ぃが解くから、いいんじゃないかな」

麦のほうへスマホの画面を向ける。

そこには大量の菓子を抱えて幸せそうに笑うアルベールの画像があり、それを時彦に送信したようだった。

◇　◇　◇

滞在中のホテルに到着すると、アルベールはベルマンに荷物を預け、部屋に運んでおいてくれるよう伝えた。

軽やかな足取りでロビーを歩きながら、新しい仕事のプランが次々わいて昂揚《こうよう》していた。

今まで富裕層相手のラグジュアリーな店ばかり手がけてきたが、次は誰もが楽しめる開放的な店がいい。大人でも子供でも、家族でも一人でも楽しい時間が過ごせるような、あたりまえの日常に寄り添えるような、あたたかい店を……。

お菓子の店……か。

クレープはどうだろう？　いや、ゴーフレットのほうがテイクアウトしやすいだろうか？　カヌレも楽しそうだ。

あれこれ考えていると、髪を金色に染めた青年が近づいてくるのが見えた。

時彦だった。

気まずそうな表情で、アルベールに話しかけてくる。

「郁斗がメッセージをよこしたんだ。『月と私』に行ったんだってな」

「ああ、楽しい時間を過ごさせてもらったよ」

本心からそう答え唇をほころばせると、時彦は眉間に少ししわを寄せて低い声で言った。

「……アルに話さなきゃならないことがある」

ホテルのラウンジに移動し、窓際のテーブル席で注文を終えるなり時彦はアルベールに向かって苦しげに言った。

「Je suis désolé.（すまない）」

頭を下げ、掠《かす》れた声で続ける。

「Je t'ai raconté trois mensonges.（三つ嘘をついた）」

ひとつめの嘘は、結婚を考えている女性がいると言ったこと。

二つめの嘘は、麦を恋人だと紹介したこと。

「三つめの嘘は、おれではなく郁斗が言ったことだけど、おれは麦ちゃんとも郁斗ともつきあっていないし、結婚を考えている大和撫子の恋人もいない。全部……嘘だったんだ」

甘いアングレーズソースに浮かんでいた三つの淡雪卵と、語部の秘密めかした笑みを、このときアルベールは思い出していた。

三つの嘘とは、そういうことか。

そして嘘の裏側には必ず真実があると、あのストーリーテラーが語っていたことも。

「おれは、アルとは純粋にビジネスのパートナーになりたかったんだ！　まだパリで下っ端の見習いだったときからずっとアルに認められたいと思ってたし、いつかアルと一緒に仕事をするのがおれの目標だったからっ！」

時彦が気持ちを吐き出すようにして告げたその言葉は、嘘をついたと明かされたときよりもアルベールに驚きを与えた。

「私と仕事を？　単純に出資者が欲しかったからではなく？　最初からそう言ってくれれば、いくらでも力になったのに」

時彦は苦い笑みを浮かべた。

「ダメだよ。だって、アルはパティシエとしてのおれを認めていない。アルは、おれが作ったものなら焦げたシューでも美味しいって言うだろ？　パリにいたころからそうだった。おれがなにを作っても『美味しいよ』って褒めてくれたよな。おれは、そのたび、くそっ！　って思ってたんだ。次は絶対に本心から『美味しい』って言わせて、アルが色恋抜きでおれと仕事したくなるようにさせてやるって」

――愛しているよ。トキヒコが私のパートナーになってくれたら、パティスリーの二、三店くらい、すぐプレゼントするのに。

――だから、ダメだってば。おれは自分の力で、おれの店を持つんだから。

そんなやりとりは、アルベールには甘く楽しいだけだったのに。

私は……ずっとトキヒコのプライドを傷つけていたのか？

胸がズキリと痛んだ。

恋ありきで、仕事ありきではなかった。

時彦はそれを見抜いていた。

そもそもアルベールがお菓子やパティスリーに、それほど興味を抱いていなかったことも。

時彦の店が早々と閉店したあと、三つ星レストランのチーフパティシエの仕事を紹介しようとしたときもそうだ。時彦のことも、パティシエという職業のことも理解していなかった。

アルベールの中ではレストランのパティシエも、独立店のパティシエも同じことで、時彦がどういう思いで自分の店を立ち上げようとしているのか知ろうとしなかった。

時彦はずっと、パティシエである自分をアルベールに認めてほしいと思っていたのに。

「私もすまなかった。トキヒコがそんな気持ちでいたことに気づけなかった」

時彦がやりきれなそうに顔をしかめる。

「いいや、偉そうなこと言って結局アルに頼ろうとしたおれが不甲斐なかったんだ。ごめん。嘘をついて傷つけたことも……」

アルベールは笑った。

「確かに、イクトが三人で結婚すると言い出したときは世界がひっくり返ったような衝撃だったがね。あんな失恋、めったにあるもんじゃない。おかげでトキヒコへの気持ちを断ち切ることもできた。今はもう、トキヒコに恋愛感情は抱いていない」

時彦が淋しそうな顔をしてくれたことに、アルベールは少し救われた。

もちろん時彦のその淋しさが、恋でないことは知っているけれど。

時彦に男性しか愛せないことを打ち明け、パートナーになってほしいとはじめて告げた日の情景が、甘い切なさとともによみがえる。

真夜中の厨房。

換気扇の音。

シャンパンとラスク……。

時彦がアルベールの目をじっと見て、真剣な口調で言ったこと。

――おれは、アルの恋人にはなれないよ。でも、アルの真面目でロマンチストなところは好きだ。

――アルのこと、尊敬できる友人だと思ってる。

恋人にはなれない。

少し切なそうに、けれどあのとき時彦は友人としてのアルベールを、受け入れてくれた。

それに、パリで見習いだったときからずっとアルに認められたいと思ってたし、いつかアルと一緒に仕事をするのが目標だったと、気持ちがあふれ出るような激しさで伝えてくれた。

もうきみに恋してはいないと告げたアルベールの言葉に、今もこんなに切ない表情をしてくれている。

アルベールは目頭《めがしら》が熱くなってきて、時彦と同じ顔をしそうになり、それをこらえて朗らかに言った。

「今は、新しい仕事のプランに夢中でね。トキヒコが望むような形態の店ではないから、仕事のオファーはできないが」

「え、そうなのか？　くっそ」

時彦は悔しそうに唸り、そのあといきいきとした笑顔を見せた。

「ま、いいか。この先もっと力をつけて、おれと仕事したいって言わせてやるさ」

「ああ、それまでトキヒコの仕事ぶりを見ておくよ」

これからはパティシエとしての時彦をしっかり見定めよう。その実力に納得したら、あらためて一緒に仕事をしないかと申し出よう。そう、対等な立場で。


時彦が先に席を立ち、アルベールは窓から月を眺めながら、一人でシャンパンのグラスをかたむけた。

もう恋愛感情は抱いていない、それはアルベールがついた四つめの嘘で、今でも想いは残っているけれど……。

「仕方がない。私はロマンチストなのだから」

ひっそりとつぶやき、ふふ、と声に出して笑った。

さて、そろそろ部屋に戻るか。

あの月の魔法にあふれた店で買い込んできたお菓子を食べて、笑顔で新しい季節に踏み出すのだ。

第四話

飴がけした
カリカリのプチシューを、
高く高く積み上げてゆく
クロカンブッシュ

Episode 4

住宅地の片隅にあるパティスリーに、満月、半月、三日月を模したイースターの商品があふれ、それを買い求める客が列を作ってにぎわった日。

世話になった礼を言うため、今度は閉店後に店を訪れた時彦は、棚やショーケースがすっかり空っぽになった店内でわめいていた。

「はぁ？　なんでおれより先にアルと仕事をまとめてるんだよ！」

――アルとちゃんと話せたよ。カタリベさんたちのおかげだ。麦ちゃんも迷惑かけてごめんな。ドレスや靴も全部買い取ってくれたんだってな……ありがとう。

顔を熱くしながら、殊勝《しゅしょう》に話していたのだ。

そうしたら語部が、それはそれはにこやかに、

――いいえ、こちらこそアルベールさまとお引き合わせくださりありがとうございます。実は、アルベールさまが当店のシェフのお菓子をたいそうお気に召してく

ださり、今度フランスと日本で同時展開するお菓子のお店の、商品の監修を依頼したいとのご連絡をいただきました。いずれは当店とのコラボ商品なども売り出したいと。

「くそっ、おれがアルも認めるパティシエになって、一緒に仕事するはずだったのに。ちゃっかり先を越して、おいしいとこかっさらいやがって」

地団駄《じだんだ》を踏む時彦を、郁斗は『時兄ぃが元気になってよかった』とにこにこしながら、麦はちょっぴり気の毒そうに、糖花は非常に申し訳なさそうにもじもじと見ている。

語部はといえば、まったく悪びれず涼しげな笑顔だ。

やっぱりこの男は油断がならない。

三田村シェフや麦ちゃんはともかく、こいつには礼を言うんじゃなかった。

「おい、これはデカい『貸し』だからな！」

睨みながら言ってやると、大きな仕事をさらりと獲得してのけた有能なストーリーテラーは、すまし顔で答えた。

「でしたら、桐生シェフからの『借り』を、この場でまとめてお返ししましょう。私どもの大切なシェフを毎回引っ張り出されては困りますから」

まるで『私の』大切なシェフ、と主張しているような口調で、糖花のほうへちらりと目配せする表情も、胸焼けしそうに甘い。

糖花は頬を染めて、はにかんでいる。

目の前でのろけか？　と時彦はあきれた。

糖花の妹の麦も、仕方ないなぁ、という顔をしている。きっといつものことなのだろう。

ったく、おれは恋人もいないし、出資の話も振り出しだってのに。

「へー、一括返済って、カタリベさんがアルの代わりの出資者を紹介してくれるのか？」

舌先三寸で、どこぞの資産家を丸め込んでくれるとでも？

すると、砂漠の石油王でもたらしこめそうな魅惑的な声で答えた。

「いいえ、桐生シェフの背中を、うさぎが後ろ足で蹴りつけるように全力で押してさしあげようと思います」

◇　◇　◇

数日後、時彦は麻布《あざぶ》にある郁斗の実家を訪れていた。

時彦の高輪《たかなわ》の実家から自転車ですぐの距離のため、中学に進学したぐらいから連日通っていた。

当時から『庭も建物も広すぎだろっ』と、本家の金持ちっぷりにあきれていたものだが、大人になった今は、なおさらその広さや高価な調度品に圧倒される。

美術史に名を刻むような巨匠が描いた、目の玉が飛び出そうな価格の絵が、廊下に普通に飾ってあったりするのだ。

あの花を活《い》けてる金箔《きんぱく》で縁どりしてある花瓶も、おれが踏んでるこのやたらふかふかの絨毯も一体いくらするのだろうと、つい試算してしまうし、ここは美術館か！と毎度つっこみたくなってしまう。

時彦の家は、戦前の財閥の流れをくむ星住家の分家である。父親は星住グループ系列の会社の名ばかりの専務で、それなりに裕福ではあるが、やはり本家とはまったく比べ物にならない。

格が違いすぎる。

確かにこの家なら、六本木に店を出す資金もぽんと出せるだろう。

――桐生シェフは、最短にして最善の道をご存じのはずです。

借りをまとめて返すと断言したあと、あのストーリーテラーは時彦に向かってそんなふうに言った。

――お店を復活させるのに必要な資金は、星住のかたに援助をお願いしてはいかがですか？

まったく、人がふれられたくないことを、さらさらと指摘して。

胸に秘めていたこともすべて引き出し、あきらかにしてしまう。

――おれは親に勘当されてるんだ。おれが大学の入試を全部放り出してフランスに行ったから。家の恥とまで言われた。本家に援助を頼んだりしたら、あの両親にまたなにを言われるかわからない。

郁斗が時彦を真似て髪を金色に染め、自分もパティシエになると言って高校を中退してしまったときも、両親はおまえのせいだと激怒していた。

――落ちこぼれの放蕩《ほうとう》息子が、優秀な郁斗くんをたぶらかして。本家のかたがたに顔向けできないわっ。もう恥ずかしくて申し訳なくて、一族の集まりにも行けやしない。

母親にヒステリックに責められ、父親からも、

――私の立場も考えてくれ。あと十年は会社に残るつもりなんだから。本家の不興を買ったら、リストラされてしまうかもしれないじゃないか。

と叱《しか》りつけられた。

時彦が『郁斗の面倒はおれが見る！』と啖呵《たんか》を切り、自分の店にパティシエ見習いとして雇ったことで、両親との溝はさらに深まった。

もう修復は不可能で、正直顔も見たくない。

向こうも同じだろう。

顔をしかめる時彦に、語部はなおも言った。

――桐生シェフがご両親と決別されたことはうかがっております。けれど、星住のかたとのおつきあいは続いておられるかと。今年のお正月も、うちの星住くんと

一緒に麻布のお屋敷でお過ごしでしたね。

郁斗に『時兄ぃも、まる子さんのお菓子を食べたいでしょ！』と引っ張っていかれたのだ。

家政婦のまる子さんはフランス人で、本名をマルグリットさんという。時彦にフランスの古典菓子の魅力を教えてくれた、最初の師ともいうべき女性だ。

郁斗が高校を中退してパティシエ見習いになったことを、郁斗の家族はおおらかに見守っていた。

学校は行きたくなったらまた行けばいいし、他の職業に就きたくなったら星住グループの適当な会社に入ればよいと。

そもそも本家の人たちは、一生遊んで暮らせるだけの財があるのだ。

そのせいか時彦の両親のようにピリピリしておらず、平和でおっとりしている。

時彦に対してもまったく怒っておらず、郁斗が時彦の店で働きはじめたときも郁斗の母親に、

——時彦さんのお店なら安心だわ。時彦さんは昔から郁斗さんとよく遊んでくれて、好奇心旺盛《おうせい》で少しもじっとしていない郁斗さんが危ないことをしないよう見て

いてくれて。郁斗さんが大きな怪我もせずにここまで育ったのは、時彦さんのおかげだと思っているのよ。

と感謝されたくらいだ。

これからも郁斗さんのことをよろしくねぇ、と。

星住の現総帥である郁斗の祖父も、フランスから凱旋《がいせん》帰国した時彦が六本木の一等地に華々しくデセールの店をオープンさせたとき、

――時彦は大したものだな。

と感心してくれたし、ひときわ華やかな二段重ねのスタンド花も贈ってくれた。星住グループの社名ではなく、『星住家一同』と大きく立て札に書かれていたのは、仕事で星住の援助は受けたくないという時彦の気持ちをくんでくれたからだろう。

――それでもおれは、星住には出資を頼みたくないんだ。

視線をそらしてぶっきらぼうな低い声で言う時彦に、語部は、なぜですか？　と

尋ねた。

そうして、時彦が黙ってしまうと、代わりに時彦の気持ちを語った。

――星住のかたに援助を頼めないのは、桐生シェフに自信が足りないせいではありませんか？

本当にいやになる。

そんな情けないことを、認めたくなかったのに。

出資者を探すのにいよいよ行き詰まったとき、時彦の頭に浮かんだのはアルベールと郁斗の祖父である崇介《そうすけ》の二人だった。

今、アルベールに出資を頼んだら、恋人になってほしいという彼の条件を受け入れることになる。

それはいやだ。

アルとはそうしたことは抜きで仕事をしたい。

なら崇介に願い出るか。

それはもっとダメだ。

アルにまだパティシエとして認められていない程度のおれが、星住に金を出してくれなんて口が裂けても言えないし、絶対言いたくない。

だけどもう選択肢は、この二つしか残っていない。

どちらがマシかと考えてすぐ、星住だけはありえないと思ったのだ。

おれがもっと自分に自信を持てていたら、両親のことは気にせず星住に援助を頼めたかもしれない。

でも、若手ナンバーワンパティシエとか言われていても、おれよりすごいパティシエが山ほどいることくらい、自分が一番よく知っている。

おれは経歴と見栄えでマスコミに取り上げられて、ちやほやされてただけだって。

だからＳＮＳで炎上したら、オーナーはあっというまに店の方向性を転換してしまった。

――おれはフランスの古典菓子を作りたいんだっ！　中華とフランス菓子のハイブリッドスイーツなんてやってられるか！　そっちのほうがウケるとか、ふざけんな！

オーナーを怒鳴りつけて、実質クビになったのだった。

あのオーナーは、店の看板になるタレントが欲しかっただけなのだと、今さらながら思い知らされる。

おれは、その程度のパティシエだったのだと。

奥歯を噛みしめる時彦に、語部が心まで揺さぶるような強さを持った声で告げたのだ。

——桐生シェフは、謙虚すぎでございます。

は？　謙虚？

二十数年の人生の中で、ただの一度も言われたことのない言葉に、ほうけてしまった。

うぬぼれてるとか、自分アゲがすぎるとかは、ＳＮＳにさんざん書かれたけれど。

語部はこのとき、真顔で時彦を見据えていた。

なので時彦も目をそらせなかった。

——桐生シェフの技術も才能も素晴らしいのですから、使えるコネは堂々と使えばよろしいのです。遠慮なさる必要は、桐生シェフの場合はまったくございません。

——一切のお世辞抜きで、今一度申し上げます。桐生シェフは高い技術と豊かな発想力をお持ちの素晴らしいシェフです。

助走をつけてジャンプしたイースターのうさぎに、後ろの両足で、思い切り背中をドロップキックされたみたいだった。

——そうだよ！　時兄ぃ！　時兄ぃは、おれにとって世界一のパティシエなんだから！

郁斗が大声で賛同し、麦と糖花も続く。

——クリスマスのとき、時彦さんがあっというまにケーキを仕上げちゃって。しかもデコレーションが全部ぴったり同じで、すごく綺麗なの、びっくりだったよ。パートさんたちもみんな、時彦さんのこと、すごい、すごい、って感動してたよ！

時彦さんが作るデセール、あたしも食べてみたい！

――わたしも……っ、桐生シェフの技術の高さに感嘆させられっぱなしでしたっ。あれから桐生シェフのことをパティシエとして尊敬しています。


イースターバニーが、次々背中を蹴ってくる。

小さな足で、ぽん、ぽん、ぽん、と絶え間なく。

最後に郁斗から、特大の蹴りが飛んできた。


――時兄ぃは、最高のシェフだよ！


そうだな、おれはいつでも『最高』だったな。

そんな誇りを胸に、郁斗の祖父に会いに来たのだった。

事前に連絡をしていたので、すぐに崇介の書斎に通された。

客間やリビングではなく、この部屋に入るのははじめてだ。壁一面の本棚に本がぎっしりつめこまれ、デスクの上にデスクトップのＰＣが二台とノート型のＰＣが一台おいてあり、机の横の壁に大きなモニターが設置されている。

「私に相談というのは、店への出資のことか」

革張りのワーキングチェアに腰かけたまま、崇介はいきなり訊いてきた。

真っ白な髪に柔和な顔つきの彼は、のんびりした人のよい老人に見えるが、仕事では厳しい一面があることも時彦は知っている。

そうでなければ、父があれほど崇介を恐れているはずがない。

星住の家に行くなら崇介さんへのご挨拶を忘れるな、崇介さんにはできるかぎり礼儀正しく接しろ、絶対に崇介さんの気分を害するようなことをするなと、子供のころから繰り返し言われてきた。

「そうです。閉店したおれの店を再建する資金を貸してください」

時彦は『オルロージュ』の再始動に必要な資金や、最初のオープンから閉店までの売り上げのデータをファイルにまとめたものを、崇介に差し出した。

崇介はそれをぱらぱらとめくり、「場所は六本木でなければいかんのか？」とか「この先、材料費がますます高騰した場合の収益の見込みは立っているのか？」など、いくつか質問したあと、顎《あご》の下で両手を組み、普段と変わらない柔和な顔つきで時彦を見上げて言った。

「出資するのはかまわんよ。おまえさんのこれまでの実績は立派なものだ。経営はうちから優秀なやつを派遣するから、おまえさんは製造に専念すればいい」

あんまりあっけなく承知してもらえたので、ほうけてしまったほどだ。

が、これで終わりではなかった。

「ただし」

崇介が微笑んだまま言葉を続ける。

「おまえさんの実力を、私に見せてほしい。おまえさんの店へデセールを食べに行く前に、閉店してしまったんでな」

デセールを作ってプレゼンしろということか？　ならいいが、崇介のこの表情は、それだけではないような気がする。

時彦にとって、より困難なことを企んでいるような……。

その勘は当たった。

「私が招待する特別な客を、おまえさんのデセールでもてなしてくれんかね。その二人の客人を満足させられたら、出資しよう」

二人の客人が誰を指すのかを察して、時彦は暗澹《あんたん》たる気持ちで了承したのだった。


そしてまた数日後。

よく晴れた休日の昼下がり。

「おれも時兄ぃのそばで応援するよ！」と言ってくっついてきた郁斗と一緒に、再び星住の邸宅を訪れた。

今日は郁斗の母と家政婦のまる子さんが、出迎えてくれた。

「材料も道具もリクエストどおりそろえておきましたよ。足りないものがあればおっしゃってくださいね」

「ありがとう、まる子さん」

先日六十歳の誕生日を迎えた青い目のまる子さんは、二十年前は髪はやわらかなベージュだった。今は白っぽくなったのを後ろでひとつにまとめていて、紺色のワンピースの制服に、胸当てのついた白いエプロンをつけている。

それは二十年前のままで、優しくあたたかい雰囲気もずっと変わらない。

もともとまる子さんは、郁斗の母佳世乃《かよの》の家で働いていたという。佳世乃が星住の家に嫁いできたときに、お気に入りのまる子さんを連れてきたのだ。

佳世乃の実家も、元華族の金持ちだ。

末っ子の郁斗を産んだのは四十代に入ってからで、二十代の半ばから、長男と長女と次男と、立て続けに三人も出産している。

郁斗だけ他の兄姉たちと歳が離れているため、佳世乃も他の家族も郁斗には特に甘い。

「がんばってねぇ、時彦さん。あとで、わたしたちにもデセールを作ってくださると嬉しいわぁ」

お嬢さま育ちで家事とも育児とも無縁で、趣味や旅行を楽しむ生活をしているためか高級エステや美容クリニックの効果か、一向に老《ふ》けない。

佳世乃は背が高く、百七十五センチくらいある。

ほっそりしていて、いつ会っても機嫌がよく、にこにこしていて、のんきなキリンを思わせる。

逆に郁斗の父は百六十センチ台前半くらいで、小柄だ。

郁斗は十六歳の今は父親に似て小さいが、母親の遺伝子を強く引いていた場合は、この先どんどん背が伸びるかもしれない。

おれの身長を追い越されたらヤダな、と時彦はひそかに心配している。

別室でクリーニングしたての白いコックコートに着替え終えたタイミングで、まる子さんと郁斗が時彦を呼びに来た。

「本日のお客さまがご到着されましたよ」

まる子さんと郁斗が心配そうな顔をしていたのは、時彦が出迎えた玄関に立っていたのが、時彦の両親だったからだろう。


やっぱり……な。

特別な客人を二人招待すると崇介が言ったときから、覚悟はしていたのだ。

それでも胸がズシッと重くなり、顔も反射的にこわばった。

向こうも、ひどいしかめっつらで時彦を見ている。

母の瑤子《ようこ》は、佳世乃と同じ年齢だ。なのに厚塗りの化粧でも隠しきれない老いが顔に刻まれている。きっといつも顔をしかめて怒ってばかりいるからだろう。

父の真次《しんじ》も会うたびに頭の毛が薄くなってゆく。こちらも、自分より立場が上の相手に媚《こ》びへつらって、へこへこ頭を下げてばかりいるからに違いない。

勘当した親と、勘当された息子のあいだで、あたたかい言葉が交わされるはずもなく、お互い黙っているところへ崇介が佳世乃とやってきた。

「おお、真次も瑤子さんもよく来てくれたな。今日は、おまえさんたちの一人息子が、とびきりのデセールでもてなしてくれるそうだよ」

瑤子の口がひくっと動いて、そのままこわばったのは、『息子じゃありません、とっくに勘当しました』と言いかけて、寸前でこらえたのだろう。

崇介を恐れている真次が、

「ああ、まぁ、よろしく頼みます」

と、かろうじて言葉を絞り出す。

こちらも『バカ息子が、親に迷惑ばかりかけて』と内心で思っているのが恨めしそうな表情から容易に想像できてしまう。

おれだって、あんたたちになんか会いたくなかったさ。

けど、この両親をデセールで満足させることが出資の条件なら、どれだけ困難でも、やり遂げるしかない。

時彦は、燕尾服を着たストーリーテラーの気品のある所作を思い浮かべながら、一度背筋を、ぴっ、と伸ばし、そこから左手をおなかの上に置き、右手を後ろに回してうやうやしく頭を下げた。

「本日は、わざわざお越しくださり、誠にありがとうございます。お客さまのために最高のデセールをご用意させていただきますので、別室で今しばらくお待ちくださ い」

◇　◇　◇

「イートインをしたいのだけど、いいかしら?」

ちょうどお客さまがはけはじめたころ、常連の女性が娘さんと一緒に店を訪れた。

女性は五十代半ばの主婦で、娘さんは二十代後半くらいに見える。肩の下くらいまであるさらさらの髪を明るいミルクティーベージュに染めていて、服装はラフでシンプルだがスマートだ。

「紙谷《かみたに》さま、いらっしゃいませ。はい、イートインの席は空いております。こちらへどうぞ。本日は、お嬢さまとお越しくださり、ありがとうございます」

二人をイートインの丸いテーブルのほうへ案内しながら語部が言うと、

「あら、よく娘だとわかったわね」

紙谷さんが気さくに笑い、娘さんは目を見張った。

「お嬢さまはネイリストとうかがっておりましたので。淡いパープルをベースに、付け根の部分に銀色のリングや白いパールを指輪のようにほどこしたり、お花を描いたりと、たいそう素敵にネイルされておいでですので、おそらくと」

「ふふ、さすが語部さんね」

「恐れ入ります。紙谷さまのお爪も、桜貝のような淡いピンクが春らしく、ラインストーンを控えめにほどこされているのが上品でお美しいですね」

語部が引いた椅子に腰かけながら、紙谷さんが嬉しげに言う。

「娘にやってもらったのよ。まったくね、せっかく安定した公務員になったのに、退職してネイリストになるって言い出したときは、大喧嘩《おおげんか》したけど。本人が楽しそうにやってるから、まぁ、よかったわ。娘が公務員のままだったら、わたしも爪をこんなふうにしてもらうことはなかったでしょうからね」

綺麗よねぇ、と言いながら、紙谷さんが両手を広げて目を細める。

「もぉっ、お母さんってば、可愛すぎて恥ずかしいわ、なんて文句を言ってたくせに。みんなに褒められたら急ににこにこしちゃって」

「だって嬉しいじゃない」

「ほら、いつまでも眺めてないで。早く注文しないと、店員さんが困っちゃうでしょう」

「あら、ごめんなさい」

母と娘のやりとりを微笑ましく見守っていた語部は、やわらかな声で「いいえ」と答えた。

「えーと、なににしようかしら。月わたさんのお菓子は全部美味しいから、選ぶのに困っちゃうわ」

「わたし、ショーケースを見てきてもいいですか？」

「もちろんでございます」

「待って、わたしも」

満月、半月、三日月のプチガトーやアントルメが並ぶガラスのケースのほうへ、二人で嬉しそうに移動する。

ケースの前で、あれも美味しそう、これも食べたい、こっちもいいと、顔を寄せて仲良く言いあっていたが、やがて二人同時に同じプチガトーを指さした。

「決めた、今日はこちらにするわ！」

「わたしは、これで！」

◇　◇　◇

隅々まで手入れのゆきとどいた広い厨房で、ぱりっとした白いコックコートに身を包んだ時彦は、作業をはじめていた。

崇介に指定されたのが、この場所でよかった。

青い目の家政婦さんが作るフランスの古典菓子に魅せられてから、この家に通いつめ、郁斗の遊び相手をしながら、異国の香りのする手作りのおやつの数々を味わった。

そのうち自分もこの場所で、タルト・タタンやエクレールや、シュー・ア・ラ・クレームを作るようになった。

この家は時彦の家ではないけれど、この厨房は時彦がパティシエへの一歩を踏み出した場所、パティシエとしての時彦を育てた、時彦のホームだ。

調理スペースの配置も、オーブンやガス台の癖も、全部知っている。

一人で作業を続ける時彦を、郁斗とまる子さんが壁際で見守っている。

まる子さんのシュークリームをはじめて食べたとき、生地がしっかりと硬く、ガリガリ、カリカリした食感なのに驚いた。


いつも食べているシュークリームと全然違う！


母親のお気に入りは銀座の老舗店の、やわやわしたシュー生地に、とろとろのカスタードクリームと生クリームがたっぷりつまったシュークリームで。

それも美味しくて好きだったけれど、まる子さんが作ってくれた、ガリガリ、カリカリしたシュー生地と、卵の風味が強い、もったり重たいカスタードクリームを大人っぽくてカッコいい！　すごい！　と思った。

まる子さんの故郷では、シュークリームではなく、シュー・ア・ラ・クレームというのだと教えてもらった。

きっと母親のお気に入りは、今でもやわやわの優しいシュー生地だ。

でも、おれが目指したのは、こっちのシュー・ア・ラ・クレームだから、それを積み上げてゆく。

シリコン加工したオーブン用のマットを鉄板に置き、そこに丸口金《まるくちがね》をつけた絞り出し袋で、シュー生地のタネを小さめに、いくつもいくつも絞り出していった。

◇　◇　◇

語部が、銀のトレイにプチガトーと紅茶のセットを持ってやってくると、紙谷さんと娘さんは、そろって頬を上気させた。

「お待たせしました。ご注文の満月のクロカンブッシュでございます」

プチシューを三角形の塔の形に積み上げて飴がけした茶色のプチガトーを、それぞれに一皿ずつ置く。

白い皿には、クロカンブッシュの他にキャラメルのアイスクリームと、半分にカットした苺や、ブルーベリーが添えてあり、赤紫のカシスのソースで模様が描かれている。

二人で同じ品物を選んで『別のものにしなさいよ、そしたら二つ分お味見できるから』『えー、わたし、がっつりひとつ食べたい』などと言いあっていたが、結局一人にひとつクロカンブッシュを注文したのだ。

積み上げられたプチシューの塔を、二人とも満足そうに見つめている。

「それでは、ご説明させていただきます」

そう言って、おだやかに語りはじめる。

「こちらのクロカンブッシュは、フランスで結婚式やお祝いの席などでよく提供される伝統的なお菓子でございます」

「近代フランス菓子の基礎を築いたといわれる偉大なシェフ、アントナン・カレームが考案したもので、当時は飴がけしたフルーツやヌガーなどのコンフィズリーを塔の形に積み上げていたそうです」

「現在は、このようにカスタードクリームをつめたプチシューを飴がけしてカリカリにしたものが一般的でございます。私どものクロカンブッシュも、満月の形をした丸いプチシューにもったり甘いカスタードをつめたものを、ひとつひとつ丁寧に積み重ねております」

ガリガリに焼き上がったプチシューの底に小さな穴を開け、そこからもったりと重たい、濃厚なカスタードクリームを注入してゆく。

◇

◇

◇

両親が勝手に申し込んだ大学をひとつも受験せず、家出同然にフランスへ渡った。高校の卒業式も出席していない。

同級生たちが『仰げば尊し』を合唱していたころ、時彦はすでにパリの老舗パティスリーで修業をしていた。

毎日シュー皮ばかり焼いていていて。フランス語がほとんど話せなかったし、ヒアリングも怪しかったから、先輩パティシエにアドバイスを求めるのも一苦労で。なかなか満足のゆくシュー皮にならず、焦れったかった。

それでも毎日シュー皮を焼き続けた。

「これは私が月から聞いたお話です。

一人の才能あふれるパティシエがおりました。彼は厳しい両親に育てられ、親の敷いたレールに乗った生きかたを求められておりましたが、それに反発し家を出ました。まだ十八歳の若さで、言葉もろくに話せない異国の地へ旅立ったのです」

「はじめての一人暮らしや、職場での苦労も、さぞ多かったでしょう。それでも彼は、このクロカンブッシュのプチシューを積むように、ひとつずつ積み上げてまいりました。しっかりと飴がけして固定しながら、ひとつひとつ」

◇　◇　◇

カスタードクリームをつめたプチシューを、時彦は目をこらし、息を殺し、慎重に積み上げてゆく。

ウェディングケーキのような巨大な塔だと円錐《えんすい》の型紙を中心に据えて、そこにプチシューを飴で貼りつけてゆくが、今回は一人用のデセールなのでプチシューと飴だけだ。崩れないよう細心の注意をはらって、ひとつずつ丁寧に。

真剣な眼差しで作業を続ける時彦を、郁斗がわくわくと、まる子さんが優しい目で見つめている。

時彦が、まだ親の言うことを聞くイイコだった中学生のころ。

親と喧嘩してばかりの、生意気盛りの高校生のころ。

お菓子を作る時彦を、小さな郁斗がきらきらした丸い目で見上げていたように。

厨房で他の仕事をしていたまる子さんが、ときどき見守るようなあたたかな眼差しを注いでくれたように。

時彦のお菓子の最初のファンと、最初の師が、あのころと同じように時彦を見てくれている。

客間にいる時彦の両親は、どんな顔で待っているのだろう？

きっとひどい仏頂面《ぶっちょうづら》だろうけど。

時彦がパティシエになると言ったら、大反対された。

子供のころから勉強をしろ、教養を身につけろ、いい大学へ行けと、うるさかった。

郁斗の家へ通うことだけは容認されていたのは、本家と親しくしておくのはメリットがあると考えていたからで。

そういうわかりやすい小狡《こず》さも嫌で反発した。

けど、そんな両親になにも告げず、勝手にフランスに行ったのは、きっと自信がなかったからだ。

まだ自分には、二人を納得させられるものがなにもなかったから。

でも、今は――。


高く積み上げられたプチシューの塔が完成する。

郁斗とまる子さんが、うっとりと目を細めている。

透明なガラスの皿にのせた二台のクロカンブッシュを、慎重にワゴンで運ぶ。

郁斗とまる子さんがついてくる。

客間に辿り着くと、真次と瑤子は時彦が想像したとおりの仏頂面でソファーに座っていた。

二人の相手をしていたらしい佳世乃が、ワゴンを見て「まぁ、素敵」と唇をほころばせ、明るい声をあげる。

崇介はソファーにどっしり腰をおろしたまま、興味深げに時彦たちを見ている。

「大変お待たせいたしました。クロカンブッシュでございます。ここから最後の仕上げをさせていただきます」

ワゴンの上に置いたカセットコンロの火をつけ、小さな片手鍋で水とグラニュー糖をあたためる。

やがてキャラメルの甘い香りがただよいはじめる。とろとろに溶かした金色の飴を、フォークですくってプチシューの塔の上から振りかけてゆく。

濃厚なキャラメルの香りを振りまきながら、金の糸がフォークの隙間からたらたらと流れ落ち、プチシューの塔にしなやかに絡みつく。

腕を大きく動かし優雅に舞うように――すくっては、揺らし落とし、落としては、すくい、また振り落とす。

きらめきながら落ちてゆく甘い糸がプチシューの塔を彩ってゆくのを、郁斗が目を輝かせて見ている。

佳世乃も頬を紅潮させて「まぁ！　まぁ！」と感心していて。

「ほほぉ」と、声を漏らし目尻を下げたのは崇介だった。

真次と瑶子は顔つきは険しいままだが、目を離せない様子だ。

あでやかな金色の光をまとったプチシューの塔の隙間を、苺やフランボワーズやラズベリーで飾り立て、頂上に飴細工の花を王冠のように置く。

さぁ、見ろ。これがおれだ。

茶色い飴がかかったプチシューをフォークではがし、まるまるひとつ口に入れ、紙谷さんは目を見張った。

「まぁ……カリカリしてるわ。飴だけじゃなくて、シュー生地もがっちりしているからかしら。飴と一緒にカリカリがりがりして、ああっ、わたし、このケーキ大好きだわ」

◇　◇　◇

娘さんも、大きくうなずく。

「飴がほろ苦くて、カスタードクリームがもったりしていて甘くて濃厚なの最高です！　こう、飴とシュー生地がバリッと割れて、カスタードがむにゅっと押し出されてくるのが、たまらなすぎ」

「そうそう、プチシューを丸ごとひとつ口へ放り込む感じがいいのよね。うーん、紅茶とも合う」

「もうずーっとカリカリがりがりしてたい」

語部がポットから紅茶のおかわりを注いで、微笑む。

「お気に召していただけてなによりです。お一人さまにひとつずつご注文されて正解でございましたね」

「ええ、本当に！」

「ほら、お母さん、わたしの言うこときいてよかったでしょ？」

「もー、親に対して年々生意気になるんだから」

紙谷さんが大袈裟にため息をつく。

「そういえば語部さん、このお菓子のレシピを残していってくれたという、ご両親に反発して海外で働いていたパティシエの彼は、そのあとご両親と仲直りしたのかしら？　子を持つ親としては、なんだか気になってしまって。ほら、うちの子もわたしと喧嘩して家を飛び出して、一人暮らしをはじめてしまったから」

「お母さんってば、そんなこと店員さんに言わなくてもいいでしょう。この前も近所のクリーニング屋さんに、『あら、和希《わき》ちゃん、帰ってきたの？　お母さんと仲直りしたのね。よかったわね』って言われて、すっごく恥ずかしかったんだから」

娘さんが文句を言う。

語部は目を細め、ゆっくりとつぶやいた。

「そうですね。彼も、紙谷さまとお嬢さまのように、ご両親と本心を言いあえていればよいのですが……」

気の強い母親が突然、うっ、と声をつまらせて、そのあと泣き出したので時彦はびっくりした。

◇　◇　◇

時彦が目の前で仕上げたクロカンブッシュを父と母の二人で食べはじめたものの、どちらの表情もずっと硬く、険しく、

「このシュー生地、硬すぎじゃないかしら」

「飴が歯につくぞ」

「シューの山が崩れそうで食べにくいし」

「こってりした菓子は、胃にもたれていかんな」

口に出す言葉は文句ばかりで、やっぱりこの親たちとは一生わかりあえないと、時彦は握りしめた手を震わせていた。

最初から、この人たちにおれの菓子の味がわかるはずがなかったんだ。

おれだって、あんたたちが好みそうな菓子じゃなくて自分が作りたいものを作ったんだから、当然の結果さ。

そんなふうに時彦のほうも彼らを睨んでいたのだが、ふと、気づいた。

文句を言いながら、父も母もクロカンブッシュを食べ続けている。

口に合わないなら、食べるのをやめればいいのに。

崇介が手配したデセール会だから、遠慮しているのか？

いや、それなら、こんなふうに文句を言ったりしない。


じゃあ、なんで……食べるのをやめないんだ……。


プチシューの皮が硬いと言いながら、飴が歯にくっつくと言いながら、口をもぐもぐ動かして、ガリガリカリカリ、音を鳴らしている。

シューの山が崩れそうで食べにくいと言い、崩さないようにそっとフォークを刺して静かにはがして、糸の飴もフォークで細かく砕いて、プチシューにのせて口へ運んで――。

ガリガリのシュー皮と、カリカリの飴、もったりしたカスタードクリームが口の中で甘く、ほろ苦く、混じりあって、それを飲み込む瞬間、目をぎゅっと閉じたり、体を震わせたり……。

それほど不味《まず》い？

いや、逆だ。

美味いと感じているから、悟られないようにしているのか？

そういうひねくれものの二人だから。

なんだ……おれのクロカンブッシュ、やっぱり美味いんじゃないか。

そっか。

ちゃんと美味いと思って食べてくれてるんだ。

だったら、もっと美味そうなリアクションをしろよと思わないでもないが、胸が勝手に熱くなってくる。

くそ、嬉しい。

あの親たちが、おれが作ったクロカンブッシュを食べてる。

美味しいと感じてくれている。

そうだよな？

おれの都合のいい勘違いじゃないよな？　美味しいと思ってるんだよな？

なぁ、父さん、母さん。

二人を睨んでいたのが、だんだん泣きたいような気持ちになってきて——飴がけのプチシューをガリガリカリカリ食べている両親をしんみりと見ていたら、

「うっ」

母親がいきなり声をつまらせ、目からぽろぽろ涙を流して嗚咽《おえつ》しはじめたのだっ

た。

「うぉっ！　なんで泣いてんだ！」

隣でクロカンブッシュを食べていた父親もぎょっとし、郁斗やまる子さん、佳世乃や崇介も驚いている。

さらに、母の瑤子につられたのか、父の真次まで首をかくんと前に倒し、うっ、うっ、と泣き出した。

時彦は、とにかくうろたえた。

ヒステリックにわめかれることは多々あれど、泣かれるなんてはじめてで、しかも両親そろってだなんて、どうしていいのかわからない。

「おい、こら、泣くなって。おれのクロカンブッシュが泣くほど不味いみたいじゃないか」

「っっ、ま、不味いなんて、言ってないでしょうっ。悔しくて泣いてるんですっ」

瑤子がボロボロ涙をこぼしながら、何度も声をつまらせ言う。

「悔しいって、なにが？」

「あなたが親不孝だからでしょう……っ。不妊治療して、やっとできた一人息子に楽な人生を歩んでほしくて、厳しくしつけてきたのに。なのに、あなたときたらわたしたちに反抗してばかりで、ひとことの相談もなしに勝手にフランスへなんか行ってしまって。ぱ、パティシエなんて不安定な職業に就いて、テレビのバラエティ番組になんか出てちゃらちゃらして――っ。週刊誌にあれこれ書かれて、インターネットでも、見ず知らずの人たちから非難されて、ひどいことをたくさん書かれて――」

おれが炎上したときのSNSまでチェックしていたのかと、また驚く。

「む、息子が、クズだの、三流タレントシェフだの、さっさと消えろだのと、言いたい放題されている親の気持ちがわかる？　全員、訴えてやりたかったわ！」

瑤子がハンカチを出し、それを顔にあてててむせび泣く。

「親の言うことをきいて、ちゃんと勉強して、いい大学に進んで、いい会社に入っていたら、ひどいめにも遭わなかったのに。なのにまだ、苦労するのが目に見えている道を歩もうとして――たった一人の息子がどうしようもないおバカさんで、悔しいのよ……っ」

この人、ちゃんと母親だったんだな……。

瑤子がなにか言うたびに、胸がひっそりと疼いて、時彦はフランスにいたころアルベールになごやかな目で言われた言葉を思い出していた。

──トキヒコは虫もダメだし、タオルはそのつど替えるのでなければイヤだし、汚れた服も気持ち悪いと言うし、よほど大事に育てられたのだな。

──そういうのを日本ではハコイリムスコと言うのだろう？

あのときは、それはもう憤慨して、子供のころから両親がどれだけウザくて理不尽だったかを並べ立て反論したのだが。

アルベールの言う通り、自分は大事に育てられてきたのかもしれない。

家では、タオルもシーツも常に清潔で肌ざわりのよいものが用意され、皿洗いひとつしたことがなかった。

それはいいから勉強しなさいと言われて。

一流の学校に入って一流の会社に就職すれば、将来も安泰よと。

分家の凡庸《ぼんよう》で影の薄い次男という微妙な立ち位置で、自分よりも格上の相手にへこへこ頭を下げて媚びへつらってばかりの小心者の父。

上昇志向が強く、裕福な家の次男と結婚して玉の輿《こし》に乗った気でいたのに、実際は東大を出た長男とその家族ばかりが優遇され、さらに本家との格差を目の当たりにして、勝手に屈辱を感じて、侮られないよう身構えて強い言葉を吐き出し続ける母。

きっと二人は、ずっと生きづらさを感じてきたのだろう。

だから一人息子には、楽な道を悠々と進んでほしいと思ったのかもしれない。

勉強をしろ。いい大学に進み、いい会社に就職しろ。

そう繰り返したのは、それが彼らが信じる一番楽で幸せな生きかただったから。

母も父も、佳世乃に渡されたティッシュで洟《はな》をかみながら泣き続けている。

家の恥と罵《ののし》られたことも、もう息子ではないと勘当を言い渡されたことも、忘れてはいない。

思い出すとやっぱり腹が立つし、終始自分たちの価値観だけで話していて、それを押しつけてこようとする二人には反発を覚える。

これからも、二人に対して真剣にムカつくことが山ほどあるだろう。

でも……。

「心配かけて悪かったよ……。確かに今は無職だし、父さんと母さんからは不毛でキツイことやってるように見えるかもしれないけど、おれは菓子を作るのが好きだし、この仕事でてっぺんをとるつもりでいるから」

時彦まで鼻の奥がツンとしてきて、しんみり伝えると、うっ、うっ、と嗚咽している両親の代わりに、今日この場をもうけた崇介が言った。

「口では勘当してても、親子でなくなるわけじゃない。真次も瑤子さんも、ずっと時彦のことを気にかけておったただろう。会うたび、時彦の愚痴ばかりだったな。時彦の店が閉店して、出資者を探すのに苦心してると知ったときは、私に時彦への援助をえらい遠回しに頼んできたりしてたな」

そうなのか!?

目をむく時彦に、瑤子が涙で化粧がぐちゃぐちゃになった顔をキッ！　と振り上げた。

「一人息子が無職だなんてみっともないからですっ！」

憎まれ口を叩くも、またほろほろ涙をこぼして、クロカンブッシュの最後のプチシューをガリガリ噛み砕いて飲み込んで、

「こ、こんなに、美味しいお菓子を作れるのだから……っ、遊ばせておくのはもったいないと思っただけです」

と、しゃくりあげる。

「瑤子さんは、時彦さんのお店のお菓子を、お土産《みやげ》に持ってきてくださったりもし

たのよ」

と、今度は佳世乃が教えてくれる。

「あれは、通販で間違えて注文してしまって」

「そうそう、ついたくさんカートに入れてしまったのよねぇ。真次さんからも同じお品をいただいたりして。それも一度に何箱も」

瑤子が「あなた、そんなことをしてたんですかっ」と涙目で真次を睨み、真次がびくっとして、「お、おまえだって」と、うろたえる。

時彦の店では、オンライン限定でシャンパンのラスクやトリュフのフィナンシェなどを販売していた。

それを二人が、取り寄せていたとは――。

「あのシャンパンのラスク、とっても美味しかったわ。ねぇ、まる子さん」

佳世乃の言葉に、まる子さんも微笑んでうなずく。

「はい。紅茶といただいてもお酒といただいても、ぴったりのお味で。つい食べすぎてしまいました」

「おお、あれは確かにワインによく合った」

地下にワインの保管庫を作るほどワイン好きの崇介も同意する。

「また食べたいわねぇ、お義父《とう》さま」

佳世乃に続いて郁斗が明るい声で言った。

「なら時兄ぃにお店を復活させてもらわなきゃ」

◇　◇　◇

時彦から、星住の融資を得られそうだと知らせがあったのは夜だった。

お風呂からあがった糖花がパジャマにカーディガンに眼鏡という格好で、三階の自分の部屋へ戻ると、お隣のマンションに面した窓のカーテンがほんのり明るくなっていた。

急いでカーテンを開けると、部屋着の薄いニットを着て前髪をおろした語部が窓辺に立っていて、糖花が来るのを待っていたというように微笑んだ。

「桐生シェフからメッセージが届いておりましたよ。プレゼンが成功して、こちらは星住くんからの情報ですが、どうやらご両親とも和解されたようです」

「よかったです」

糖花の唇もほころぶ。

「語部さんは、こうなるとわかっていて、桐生シェフに郁斗くんのおうちに援助をお願いしてみるようすすめたんでしょうか」

きっとそうに違いない。

語部さんは、いろんなことが見えている人だから。

糖花からの無条件の信頼と尊敬の眼差しに、語部は少しばかりくすぐったそうに肩をすくめ、答えた。

「私もすべてを見通せるわけではありませんよ。そんなことは昼間も空に浮かぶ月にしかできません。ただ……桐生シェフのご両親が、桐生シェフご本人からうかがっていたほど悪いかたたちとは思えませんでした。でなければ、桐生シェフがあれほど純粋にまっすぐにお育ちになるはずがないですから」

きっとご両親は、桐生シェフを大切にされていたのでしょう、とおだやかな声で語る。

糖花も、

「はい」

と笑顔でうなずいた。

「とはいえ、我が子を想いすぎるがゆえに、自立した一個人として見ることができなかったなどの失敗もあったのでしょう。……それは仕方がありません。完璧な人間が存在しないように、ひとつのミスもない完璧な親もいないのですから」

「そうですね。わたしには語部さんは完璧に見えますけど。それでも、語部さんも雪で滑って転んで救急車で運ばれたり、夜中にお散歩して石段から落ちて手足を骨折されたりしますし……」

語部が恥ずかしそうにうなだれる。

「……糖花さんには二度もご迷惑をおかけして、申し訳ありません」

「いいえ！　そんな、す、すみませんっ。嫌みを言ったわけではないんです。ああ、すみません」

糖花も、ぺこぺこ頭を下げてしまう。

「いいえ、おっしゃるとおり、私も少々ポンコツなのです。私が完璧に見えているのだとしたら、糖花さんの前ではそう振る舞っているだけです。……私は糖花さんに、だいぶ嘘をついてきましたので」

「えっ！」

糖花はびっくりして声を上げた。

「い、いつですか？　語部さんは、いつわたしに嘘をついたんですか？　それはどんな嘘だったんですか？」

語部は困っている様子で答えた。

「あらためてお伝えするのはちょっと……。反省しておりますので、どうかご容赦《ようしゃ》ください。これ以降は、糖花さんに嘘ではない私の本当の気持ちを伝えてゆくよう努力しますので」

語部がじっと糖花を見つめる。

まぶたのあたりが火がついたように熱くなり、糖花は焦った。

「もしかしたら語部さんは、わたしに自信をつけさせるために、今まで大袈裟に褒めてくださっていたんじゃ。それに、わたしが失敗したとき『大丈夫ですよ』っておっしゃってくださるのも、本当は全然大丈夫ではなくて、わたしに気をつかっていたのでは」

ああ、どうしましょう。

わたしが頼りないせいで、語部さんに、たくさん嘘をつかせていたなんて。

「なぜそうなるのですか」

「だって、語部さんがわたしに嘘をつくなんて、それくらいしか考えられません！」

語部が、さらに肩を落とす。

「不安にさせて申し訳ありません。私の嘘については、おいおいご理解いただくとして……もちろん糖花さんが今おっしゃったようなことではございません。糖花さんほどストーリーにあふれたシェフはおりません。どれほど語っても、まだ語り足りない。糖花さんが内に秘めたストーリーを私が引き出し、輝かせ、世界中のかたがたに最上のものとしてお伝えしたいという欲求がわいてくる」

ベランダでおずおずと見つめ返す糖花に、語部が窓辺から熱のこもる口調で言う。

「桐生シェフは素晴らしいシェフですが、糖花さんは私にとって――」

淡い月明かりに照らされた語部の瞳が、かすかに震える。

「唯一無二のシェフです」

「それなら語部さんは、わたしにとって、この世にたった一人の、かけがえのないストーリーテラーですね」

あんまり嬉しくて、ベランダの手すりを両手で握って身を乗り出し、顔を全部ゆるめて笑うと、語部も喜びが香り立つような笑顔になった。

クロカンブッシュのプチシューを飴でしっかり固定しながら、ひとつずつ積み重ねてゆくように。

二人の関係もひとつずつ積み上がっていって、いつか空に浮かぶ月にさえ届くかもしれなかった。

第五話

桜と紅茶が晴れやかに香る、しっとりやわらかなアニョー・パスカル

Episode 5

二年生に進級する前の春休みに、麦は爽馬と映画を見に行った。

他の友達も一緒にではなく、二人だけで。

これってデートだよね？

麦は出かける前からそわそわして、頰もゆるみっぱなしだった。

ホワイトデーに爽馬から、『青春の喜び』と『恋の芽生え』を花言葉に持つライラックをイメージした、白と紫のギモーヴを渡された。


——細かいことはわかんないけど。

——おれ、三田村さんのこと、気になってる！


その気持ちがなんなのか知りたいし、麦のこともっと知りたいと。

大ざっぱで恋愛に疎《うと》い爽馬が、真剣な表情で一生懸命にそう言ってくれたとき、麦の体の中はきらきらしたものでいっぱいになった。

それまで『牧原くん』と呼んでいたのを『爽馬くん』と名前で呼んでもいいかとお願いしたら、目を見張り顔を赤く染めて、そわそわしながら、

——う……うん、いいんじゃゃ、ない、かな。

と答えて、ますますキュンとして嬉しくなった。

みんなの前でいきなり名前で呼んだら、きっと爽馬は照れてしまうだろうし、麦もまだ少し恥ずかしかったので、朝の通学路で二人きりになったときや、休み時間のざわざわした廊下で周りに知り合いがいないときに、こっそり、

——爽馬くん。

と呼んでみたら、飛び上がって驚いて、

——お、おう。

耳まで赤くして、そのあと『へへっ』と、くすぐったそうに笑ったりして。

麦が『爽馬くん』と呼ぶたびに、麦より背が高くて体形もアスリートらしくがっしりしている爽馬が、そんな初々《ういうい》しい可愛い反応をしてくれるので、麦もそのたび胸がキュンキュンして、『爽馬くん』と本人に向かって口にできる幸福を嚙みしめていた。

――春休み、映画とかその、見に行かない？　野球部の練習忙しいかな？

誘ったのは麦からだったが、『いいよ、部活がない日に行こう』と明るく答え、

――令二たちにも声かける？

あっけらかんと続けたのはいつもの爽馬で。

けど麦ががっかりしているのにすぐ気づいてくれて、

――あ、えっと……三田村さんとおれと、二人で行こうか。

と照れながら言ってくれた。

さらに映画館でも、

――三田村さんが好きなやつでいいよ。


と言って、麦が見たかった爽やかな青春恋愛映画を優先させてくれたし（上映後、目を輝かせて口にした感想が、主人公が飼ってたハスキー犬めちゃくちゃ可愛かったな！　とメインのストーリーからだいぶズレていたが）。

大きなバケツ型のボックスに入った春限定のストロベリー味のピンクのポップコーンを『一緒に食べよ』とおごってくれたし（ほとんど爽馬が食べていたが）。

意外と彼氏力が高くて――。

やっぱりデートだよね。

これ、デートだよね。

もう彼氏と彼女でいいよね。

と、麦はそのあと行った和カフェでも、二人並んでの帰り道でも、内心浮かれっぱなしだった。


――二年生も一緒のクラスになれたらいいね。

別れ際にそう言ったら、まぶしいほどの夕日を背景に口を大きく開けて顔中で笑って、

――うんっ、おれもまた三田村さんと同じクラスがいい。

と答えてくれて。

家に帰ってから自分の部屋で、あーもう、爽馬くん、大好きだよ～！　と、じたじたしてしまった。

二年生は修学旅行もあるから、同じクラスになったら一緒にデートスポット巡りとかもできちゃうかも。

ああ、神さま、二年生も爽馬くんと同じクラスになれますように。

真剣にお祈りしていたのだ。

ところが。

四月になって学校がはじまってみたら、麦と爽馬は別のクラスだった。

しかも教室が廊下の端と端で、休み時間に気軽に行き来もできそうにない。

令二はまた爽馬と同じクラスで、

「令二くんばっかりズルいよ～。あたしも爽馬くんと同じがよかった～」

と嘆いたら、令二にあきれ顔をされ、

「ぼくに文句を言うな。春休みに爽馬と映画を見に行ったんだろ？　贅沢《ぜいたく》なんだよ。てか、目の前でいちゃいちゃされたらムカつくから、麦が別クラでよかった」

そんなことまで言われた。

令二も春休みに麦がセッティングして、糖花と美術館デートをしているが、姉のほうは百パーセントデートしたという認識ではないだろうから……。

そうだよね、お姉ちゃんと全然望みのない令二くんに比べたら贅沢だよね。

あたしは爽馬くんと放課後も会えるし、昼休みなら教室へも行けるし、映画だって遊園地だって動物園だって、これから二人でたくさん行けるんだから。

令二くんはまったく希望がないけど……。

うっかり口にしたら、確実に令二にねちねち報復されるようなことを考えて、賢く口を閉じた。

お姉ちゃんが春休み中にカタリベさんと手に手をとってドラマチックに逃避行したことも、内緒にしておこう。

けどやっぱり、令二がうらやましい。

仲良しの楓《かえで》や里香子《りかこ》とも離れてしまった。

新しいクラスは知ってる子が、ほとんどいない。

いや、一人いた。


「おはよっ、三田村さん」

「あ、おはよ、倉本《くらもと》さん」

一学期がスタートしてからすでに二週間になる。麦は新しいクラスの女子と挨拶を交わしていた。

まず席の近い子から仲良くなるのが、クラス替え後の社交の基本だ。

とにかく自分からどんどん話しかける。

今は新しい友達ができやすい時期でもあるから、積極的にいこう。

「三田村さんの家って、お菓子屋さんなんだって？」

「知ってる！『月と私』っていう、月の形のケーキを売ってる、すっごい可愛いお店。店員の執事さんがイケボのイケメンで、ケーキも美味しいの」

「え、執事？　なにそれ」

姉と語部に感謝だ。

おかげで話題に不自由しない。

「今日、お姉ちゃんのお店のお菓子を持ってきたから、お昼にみんなで食べよう」

「わー！　嬉しい」

「楽しみ！」

クラスメイトとわいわい話していたとき、うんと細くて小柄な女の子が前のほうの出入り口から教室に入ってきた。

額でぱっつんと切りそろえた長くてまっすぐな黒髪が、日本人形のようだ。

口をまっすぐに閉じ暗い目をしたその子は、誰とも挨拶せず、ひっそりと自分の席に座った。

スクールバッグから教科書やノートを出して、机に入れたあと、一時間目の授業の予習をしているのか、机の上に置いた教科書をめくっている。

麦の席から離れていて、とにかく細い後ろ姿しか見えないが、話しかけないでほしいというオーラを発していて。そのせいか誰も声をかけない。

そんな彼女——吉川小毬《よしかわこまり》は、爽馬の元ストーカーだ。

爽馬の彼女を自称して、わざわざ姉の店まで来て、バイト中の麦に喧嘩を売ったりもした。

だけど令二にへこまされ、爽馬の鈍感さと悪気ない一言に敗退したあとは、控え目に爽馬を想い続けていたのだ。

麦と爽馬と令二と小毬の四人で、姉のタルト・タタンのホールを切り分けて食べたり、大晦日《おおみそか》の夜に神社にお参りに行ったりしたこともある。

どちらのときも小毬は無口で、麦ともほとんど話さなかったけど、ごめんなさいと謝ってくれたし、最初に向けてきたような敵意はもう感じなかった。


吉川さんとクラスメイトになるなんて。

あたしも気まずいけど、吉川さんもあたしと同じクラスなんて嫌だろうな……。


席が前と後ろで離れているので、今のところ挨拶どころか視線が合うこともない。麦のほうが席が後ろなので、ひっそりとバリアを張った細い背中が気になって、つい見てしまう。

話しかけてみたいと思うのだけど、吉川さんは嫌がるかもしれないと考えたらどうしても躊躇《ちゅうちょ》してしまう。

ホワイトデー以降に爽馬とさまざまに進展があったので、なおさらだ。

でも、最低あと一年も同じ教室で避けあって過ごすのは、吉川さんもしんどいんじゃないかな……。

席替えで近くの席になるかもしれないし。うーん……。

新しいクラスになってからずっと、胸にもやもやしたものがつかえている気分なのだった。

吉川さんは、友達作らなくていいのかな……。

一人でいるほうが気楽なのかな……。

けれど誰とも話さず、細い指で淡々と教科書をめくっている小毬は楽しそうには見えない。

麦の勝手な想像で、余計なお世話かもしれないけど。

二年生は修学旅行もあるし、文化祭も球技大会も一番気合いが入る学年だから、友達がまったくいないと、いろいろ厳しいよ……。

本当にお節介で、傲慢《ごうまん》な考えだけど……。

◇　◇　◇

昼休みになり、仲良くなった女の子たちと机をくっつけていったら七人もの大所帯になった。

クラスの女子のほぼ半分だ。

麦が水色の背景に、満月、半月、三日月のイラストを印刷した姉の店のショップバッグから、淡いピンクのリボンをおなかにぐるりと巻いて背中で結んだ子羊の焼き菓子を取り出すと、次々「可愛い！」という声が上がった。

「え、これ羊？」

「うわ～、めっちゃ可愛い。額にちょこんと三日月が描いてあるのもエモ～い」

「アニョー・パスカルっていってね、フランスのアルザス地方でイースターの日に食べるお菓子なんだよ。アニョーが『子羊』でパスカルが『復活祭の』で、『復活祭の子羊』って意味みたい。子羊は十字架にかけられたキリストの象徴でもあって、昔、神さまに子羊を生贄《いけにえ》に捧げていた習慣にも由来するんだって」

紙皿にのせ、切り分けるために持ってきたフルーツナイフのカバーを外しながら、語部の蘊蓄《うんちく》を真似る。

「今年のイースターはもうおしまいだけど、最後の一匹をもらってきちゃった」

「待って！　三田村さん！　解体する前に写真撮らせて」

「だよね！」

「解体シーンも動画で撮ってSNSに上げていい？」

大騒ぎしているところへ、小毬が通りかかった。

小毬は昼は学食を利用しているらしく、廊下に出ようとしたところ前の出入り口で男子がかたまって話していたため、後ろの出入り口を使おうとしたようだ。

麦が視線を感じて顔を向けると、小毬が解体を待つ子羊をじーっと見ていた。

「……」

顔をちょっと曇らせて、なんだかいたましそうな表情をしている。

バラバラにされて食べられてしまう子羊を哀れんでいるような……。麦の考えすぎだろうか？

吉川さんはお姉ちゃんのお菓子が好きみたいだから、吉川さんもアニョー・パスカルを食べたいのかも。

そのとき小毬と目が合った。

小毬が視線をそらすより先に、麦は大声で呼びかけていた。

「吉川さんも一緒に、アニョー・パスカルを食べない？」

他の女の子たちからもいっせいに注目されて、小毬は苦い顔をしている。こんな顔で小毬が断ったら、みんなへの印象を悪くしてしまうから、もう引っ張り込むしかないと決め、

「ね、お姉ちゃんのアニョー・パスカル、特別製で、すっごく美味しいから。吉川さんも食べてって。ほら、吉川さん、ここ座って」

と自分の席に座らせた。

麦の反応が早くて小毬は拒否できなかったようで、大テーブルの真ん中の席で肩をすぼめている。

うぅっ、吉川さん、緊張してる？　やっぱりちょっと居心地悪そう？

黙ったままの小毬の代わりに、麦が明るい声でみんなに紹介する。

「あ、この子、吉川小毬ちゃん。よくお姉ちゃんのお店に来てくれる常連さんなんだ」

「そうなんだ……」

小毬が仲良くしたいという態度ではないので、みんな話しかけにくそうだ。

「えっと、わたし……去年、吉川さんと同じクラスだった……よね。全然話したことなかったけど……」

声をかけてくれた子とも視線を合わせず、

「……そうね」

と、ぶっきらぼうに答えている。

麦は、はらはらした。

「みんなもう撮影はいい？　じゃあ、カットしちゃうよ！」

表向きは笑顔で声も陽気に、子羊のピンクのリボンをほどいて、お尻からフルーツナイフで縦にすぱすぱ切ってゆく。

それをまた半分に切り、砂糖で描いた三日月を額にいただく頭部は、斜めに切り落とす。

　他の子たちが、

「美味しそう」

「早く食べたい」

　などと期待のこもる表情で言う中、やっぱりいたましそうな顔をしていた小毬が、ぼそりと言った。

「……こんなにばらばらにされて……かわいそう」

　気まずい沈黙が流れる。

「あは、あはは、でもほら、たい焼きだって頭からかぶりつくし。あ、吉川さんは尻尾から食べる派？」

　小毬も失言だったと感じたようで、もじもじしながら、

「……おなかから」

　と答えた。

「おなかかぁ！　あんこがたっぷりで一番美味しいとこだね。じゃあ、吉川さんに

は子羊のおなかの部分をあげる。あたしは頭から行く派だから、頭はあたしが引き受けるよ」

小毬の発言で、みんな、可愛い子羊を解体して食べるのは確かにかわいそうかも……という空気になっているので、一番罪悪感を覚えそうな頭部は麦が自分で食べることにしたのだ。

みんなの前に、子羊の切れ端を置いてゆく。

それを子羊の頭部が、じっと見ている。

ああ、なんか、あたしも残酷に思えてきた。

空気を変えようとしてくれたのか、一人が唐突に言った。

「そういえば！　三田村さんって吹奏楽部の浅見《あさみ》くんとつきあってるの？」

すると他の子たちも、

「それ、あたしもずっと聞きたかった！」

「浅見くん、バレンタインデーに生徒会の篠崎《しのざき》さんからチョコレートを渡されて、断ったんだよね。今年は好きな人からしか受け取らないって」

篠崎さんというのは、麦たちの教室に自信たっぷりに入ってきて、みんなの前でブランドの店名入りの高級チョコレートの紙袋を、令二に向かってにこやかに差し出した、あの美人の先輩だ。

令二に『すみません』と断られ、顔を引きつらせて大股の速歩きで教室から出ていった。

あのときも、浅見くんはもう三田村さんとつきあってるんだって！　などと噂されて、令二のファンの子たちから睨まれたのだ。

新しいクラスメイトにも、また説明し直さなければならないらしい。

「違うよ。浅見くんとは、家が近所で幼稚園からの幼なじみなだけだよ」

「えー、浅見くんと幼なじみって超うらやましいんだけど」

「うんうん、浅見くん、顔も性格も成績もよくて完璧だもんね」

顔と成績はともかく、性格は令二くんが猫をかぶっているだけで、口が悪くて陰湿で真っ黒な暗黒王子なんだよ、と教えたい。

「浅見くんのほうは、三田村さんのことが好きなんじゃないの？」

いや、令二くんが好きなのはお姉ちゃんだから。

子供のころからお姉ちゃん以外、目に入ってないから。

そのせいで、姉は令二にいじめられて大変な思いをしたわけだけど、それも言えない。

「本当に、あたしと浅見くんはなんにもないし、それにあたしにはか――」

彼氏がいるから、と言いかけて、小毬の視線を感じてハッとする。

小毬はなにか考えているような微妙な顔つきだ。麦が令二のことであれこれ言われているのをどういう気持ちで聞いているのか、ものすごく読みづらい。けど、その視線は確かに麦のほうへ向けられている。

小毬の前で、爽馬のことを彼氏だなんて言えない。

それにまだ一度しかデートしてないし、麦はデートのつもりだけど爽馬はそうではないかもしれない。

今、彼氏と宣言するのは、図々《ずうずう》しいのではないか。

すると、今度は女の子たちから爽馬のことが話題に上がった。

「浅見くんの友達の牧原くんだっけ？　あの人も結構カッコいいよね」

「ああ、野球部の。一年生からレギュラーなのすごいよね。うん、背も高いしカッコいい」

爽馬くんがカッコいいって言われてる！

嬉しいけど、それ以上に複雑だ。

小毬もそんな顔をしている。

「でも、牧原くんって、ちょっと中身が子供っぽくない？　調理実習のときお米を食器用洗剤で洗おうとして止められたって聞いたよ。そのあとお皿をクレンザーで洗おうとしたって」

「うわぁ、結婚したらなんにもしない旦那《だんな》になりそう」

それは昔の話で、今は爽馬くんもお母さんのお手伝いをしてるし。ごはんだって炊飯器でふっくら美味しく炊けるし、洗濯機に柔軟剤を入れるタイミングも知ってるんだから、と心の中で反論する。

小毬も小さな口を、ムッとへの字に曲げている。

「あたし、この前、牧原くんが学食で『きつねうどんの油揚げが二枚入ってた！ラッキー！』って、大はしゃぎしてるの見ちゃった。大声で調理の人に向かって『おばさんありがとう！』って叫んでるから目立ってて。そしたら牧原くんの後ろに並んでいた子が、『ぼくもきつねうどんなのに、油揚げが入ってませんでした』って申告して。牧原くん、この世の終わりみたいにしゅーんとして、『おれの油揚げを一枚やるよ』って、お箸でその子の器に油揚げを入れてた」

「ぷっ、なにそれコント？」

「おっかしー」

「あ、ダメ、ツボった」

「しかもそのあと『トッピングの油揚げだけ十枚ください』って注文して、調理のおばさんに『やめときなさい。きつねうどんの油揚げは一枚だから美味しいんだよ』って諭《さと》されて、またしゅーんとして」

「あはは」

「高校生にもなって油揚げでしょんぼりとか」

「子供っぽいっていうか、完全に子供じゃん」

言いたい放題だ。

小毬がへの字に曲げていた口を開く。

麦もとっさに叫んでいた。

「おあげでしょんぼりしちゃう爽馬くん、最高に可愛いんですけどっ！」

「……学食のおあげは美味しいし……大好きなおあげをあげちゃう牧原くんは優しいでしょう」

他の子たちが目を丸くする。

小毬が、ぱっと麦のほうへ顔を向ける。

麦も小毬を見る。

小毬は爽馬のことをずっと『爽馬くん』と呼んでいて、麦は、あたしもそう呼びたいのにと、うらやましくて仕方がなかった。

今、吉川さん、『牧原くん』って言った……。

そして、麦は小毬の前で思い切り『爽馬くん』と口走ってしまった。

立ちつくす麦を真顔で見上げ、小毬が問いつめてくる。

「……やっぱり三田村さんと牧原くん、つきあってるのね。ホワイトデーの牧原くんのお返し、ライラックのギモーヴだったでしょう？」

そ、それは今ここでする話ではないんじゃ。

小毬と、頭だけになった復活祭の子羊にも、じっと見つめられている気分になって、麦は脇に汗をにじませ、

「う……うん。そのとおりです」

と認めた。

今はまだお試し期間で、などと言い訳したら小毬と子羊に視線で焼かれそうな気がして。

意外なことに小毬はあっさり、

「だと思った」

と答えた。

ほんの少し切なげに目を細めたが、すぐに凜とした顔つきになる。

他の子たちがおずおずと、

「えっと、どういうこと？」

「二人とも牧原くんと仲良かった？　だったら、ごめん」

と訊いてくる。それに対しても小毬が淡々と説明する。

「……三田村さんは牧原くんの彼女で、あたしはホワイトデーに牧原くんから『いいお友達でいましょう』という意味のギモーヴをもらって失恋したから、あたしに謝る必要はないけれど……牧原くんのことをあれこれ言われたら、やっぱり気分が悪いから控えて」

「ごめんなさいっ」

女の子たちが次々謝るのを、麦はぽかんと見ていた。

小毬がこんなにはっきりものを言う子だとは思わなかった。いや、爽馬のストーカーをしているときは自己主張しまくりだったけど、それ以降の小毬は無口で遠慮がちだったたし、新しいクラスでも誰ともしゃべらずにいたから……。てっきりおとなしいほうが本来の性格かと思っていたのだ。

ひょっとして吉川さん、開き直ると、はっきりきっぱり言うほう？

「そ、そっか、三田村さん、浅見くんじゃなくて、友達の牧原くんのほうとつきあってたんだ。吉川さんも失恋相手の彼女と同じクラスになって複雑だね……」

「そうね……。でも気を使われると、憐《あわ》れまれているようで余計に惨めになるし、腹も立つからやめてほしい」

みんな、そうだね、わかるよ、というようにうなずく。

え、あたし、そんなふうに見えてた？　と麦は縮こまってしまう。

「……でも青春は、生贄の子羊みたいに残酷だし。三田村さんとクラスメイトになってしまった不運も、試練だと思うことにしたの」

小毬の言葉は感銘を与えたらしく、女の子たちは、おおっ、という顔をしたあとパチパチ拍手した。

さすがにこれは小毬も恥ずかしかったようで、急に目を伏せもじもじし、

「……えっと、アニョー・パスカル、食べてもいい？　昼休み、終わっちゃうから」

ぽそぽそと言った。

麦も空いていた椅子を借りて、小毬の隣に置く。

「あたし、ここに座ってもいいかな」

と小毬に尋ねるとツンとした顔で、

「好きにしたら」

と答えた。

これは、いい、ってことだよね。

口もとをほんのちょっとゆるめながら座る。

小毬が子供のように小さい横顔を麦に向けたまま、

「……いただきます」

と、ぶっきらぼうに言い、切り分けたアニョー・パスカルの一部を口にして
——。


「わ！」

目を大きく見開き、声を上げた。

「お花の味がする！」


アニョー・パスカルを食べはじめた他の子たちも驚いている。

「ホントだ！　お花の味だ！　えーと、桜？」

「あと紅茶の香りもする！」

「そっか、生地に入ってるこのプチプチした黒いの、紅茶の葉っぱなんだ」

「うっわ、桜と紅茶の子羊とかエモすぎ」

「生地もしっとりしてるよ～」

「桜と紅茶の香り、いい～！」

みんなの反応にほっこりしながら、麦が言う。

「アニョー・パスカルは、本当はプレーンなビスキュイ生地なんだけど、お姉ちゃんが『お客さまに春の訪れを感じてほしいから』って桜フレーバーにしたみたい」

姉と語部が、閉店後の厨房で熱心に語りあう情景が、自然と思い浮かぶ。

店内は暗く、月の光だけがミルク色のカーテンをほんのり照らしていて……。レジの奥のガラスの壁で仕切られた厨房は、電気がついていて明るい。

二人はいつもそこで遅くまで、お店に並べるお菓子の話をしている。

そろそろ苺が美味しい時期だから、苺を使ったお菓子をたくさん作りましょうとか、季節のデセールはどうしましょうとか。

イースターには、あれもこれも並べましょうとか。

その前に、ポワソン・ダブリルですね、クリームはピスタチオにしたいです、とか。

あたたかな明かりの中に浮かびあがる二人は、見つめあったり、微笑みあったりして、とても幸せそうで。

内気な姉が、熱心に新作のケーキのことを語るのに、語部がとろけそうな目で耳をかたむけている。

その話を、語部はあざやかなストーリーにし、深みのある声で大切に語り、姉のお菓子を彩るのだ。

二人がそんなふうに一緒にいるときは、麦は遠慮して声をかけることができない。ただ気づかれないように、音を立てないように、息をひそめてあたたかな気持ちで見守ってしまう。


お姉ちゃんとカタリベさんは、本当に好き同士なんだなぁ……。


自信がなくてうつむいてばかりいた姉が、花が開くように美しくなって、語部を一途に見上げて嬉しそうに言葉を紡いでいる。

そんな相手に姉が出会えたことが麦も嬉しくて、頬がゆるんでしまうのだ。

店にアニョー・パスカルの型が届いた日も、二人は夜の厨房で楽しそうに語らっていた。


——アニョー・パスカルの伝統としてはビスキュイ生地ですけれど、少しパサつくし味気ないかもしれません。紅茶やジャムといただくと、とても美味しいのですけど。

――では、ジャムと紅茶をセットでおすすめいたしましょうか。

――そうですね……あ、生地に春を感じさせるフレーバーをつけるのはどうでしょう？　たとえば桜とか。生地もアーモンドプードルを入れてしっとりさせて。

――それなら桜フレーバーの紅茶の茶葉を混ぜてみては。

――桜と紅茶……素敵です。アニョー・パスカルをめしあがるお客さまに、春の訪れを感じていただけそうですね。

ほわほわした表情で語る糖花を、まるでそこに春の景色が広がっているみたいなおだやかな目で、語部が見つめていた。

お姉ちゃん、みんなお姉ちゃんのお菓子で、春の訪れを感じてくれてるみたいだよ。

麦の隣で、感動のおもちでアニョー・パスカルを食べていた小毬が唸る。

「うぅっ、お花と紅茶の香りの羊……残酷だけど、非常に良き。糖花さんのお菓子に死角なし」

「吉川さんって面白いね」

「うん、もっと近寄りがたい人かと思った」

クラスメイトから好意的な口調でそんなふうに言われて、小毬はまたもじもじし、顔をぽーっと赤らめた。

それがツンとしてたときとギャップがあって、すごく可愛い。

吉川さん、可愛い。

きっと他の女の子たちも、麦と同じことを思っただろう。

吉川さんと友達になりたいな、と。

空気も和《なご》やかに流れてゆく。

「アニョー・パスカル、ほんっと美味しい。持ってきてくれてありがとう、三田村さん」

「あたし、これ絶対来年買う」

「あ〜、食べ終わっちゃったよ。桜と紅茶の香りが口の中に残ってて、幸せ〜、美味しかった〜」

みんな大絶賛で、麦も嬉しくなってしまった。

手に持った子羊の頭に、みんな美味しいってさ、きみもよかったね、と心の中で話しかけて、ぱくりといただいた。

桜と紅茶の香りがすがすがしく広がって、きめこまかな生地がしっとりととろける。

額にお砂糖で描いた白い三日月が、雪解けみたいに、しゃりっ、と音を立てて。口の中にも春が来たみたいだった。

◇　◇　◇

放課後、麦が帰り支度をしていると、爽馬が廊下からひょっこり顔を出して麦を呼んだ。

「おおい、三田村さん!」

爽馬の潑剌《はつらつ》とした明るい声は、よく響く。

お昼休みに一緒にアニョー・パスカルを食べた女の子たちが、彼氏が来てるよ、という目を向けてくる。

ちょっと照れくさいけど、嬉しくもあって、麦はとろけそうな気持ちで爽馬のほうへ行った。

「どうしたの、そ――」

爽馬くん、と言おうとして、令二もいるのに気づいて言葉をのみこむ。

令二は、おまえ色ボケしてるぞ、という目で麦を見ている。

令二には、爽馬からライラックのギモーヴをもらったことも、『爽馬くん』と呼ぶ許可を得たことも話している。

そのときはテンションがおかしなことになっていたので、さんざんのろけてしまい、令二はシラけた顔をしていた。

令二くんの前で『爽馬くん』なんて呼んだら、舌打ちされそう。

「二人ともどうしたの？」

と言いなおす。

爽馬は麦と令二のあいだにただよう微妙な空気に気づいていないようで、きらきらした顔で言った。

「今日、部活休みなんだ！　お姉さんのお店に行かないか？　イースターのケーキ食べたい！　母さんが、苺をいっぱいのせた魚のケーキと、あとレモンのシャーロックとうさぎの足跡がついた蜂蜜レモンケーキを買ってきてくれて、全部美味くてさ。他にもイートインのケーキやお菓子がたくさんあるって聞いて、よし、行くぞ！　って」

「シャーロックじゃなくて、シャルロットね。帽子の形をした、ふみよさんがお気に入りのやつね」

一応訂正しておく。

ふみよさんというのは爽馬の母親で、『月と私』でパートさんをしている。家事万能のスーパー主婦で、ふっくらほっこりした、チャーミングな人だ。

「それと、すごく言いづらいんだけど、イートインのお菓子は昨日で終わっちゃったんだ」

「ええっ、そうなのか？」

爽馬は目をむいて叫び、そのあとしゅーんとしてしまった。

大型犬が耳を伏せているみたいだ。

どうしよう、落ち込んでる爽馬くんやっぱり可愛いっ。キュンキュンしちゃうよ〜。

「あ、でも、苺とピスタチオのフレジエとか、苺のパリ・ブレストとか、苺のミルフィーユとか、苺のタルトとか、苺のケーキがたくさん並んでるし、桜のケーキもあったかな。コーヒークリームの代わりに、桜と抹茶の生地とクリームを重ねて、桜のお酒でひたひたにした半月のオペラとか、おすすめだよ」

とたんに爽馬の顔が晴れ渡る。

「うわっ、全部食べたい」

食べ物のことで一喜一憂する爽馬に、頬がまたとろけそうになる。

うん、爽馬くんはカッコいいし、可愛いよね。

「待ってて、バッグとってくる」

麦が教室に戻ろうとしたとき、スクールバッグを持った小毬が前のドアから出てきて、こちらへ歩いてきた。

「あっ！　吉川さん！」

爽馬が屈託《くったく》なく声をかける。

隣で令二が顔をしかめて爽馬の足を蹴る。

「いたっ、なんだよ、令二」

おまえ、自分が振った相手にそんな明るい顔で話しかけるなよ、ちょっとは遠慮しろ、と令二は言いたかったのだろうが、たぶん爽馬には通じていない。

爽馬はすぐに小毬に向き直り、

「吉川さん、三田村さんと同じクラスになったんだな。この教室、売店への距離が近くていいよな。うちのクラスからだと百メートル分くらい遠くて。昼休みのベルと同時にダッシュしても、人気のカツサンドが売り切れちゃったりするんだ」

と話しはじめた。

令二が、今度は爽馬の首に後ろから手を回して引っ張る。

「なんだよ、さっきから」

「それは、こっちのセリフだ」

と令二が爽馬の耳に低い声で言ったとき。

「浅見くん、あたしは牧原くんと三田村さんがつきあってても気にしないから、浅見くんもあたしのことは気にしないで」

小毬が令二に向かって、きっぱり言った。

「なっ」

令二が顔を引きつらせ、

「吉川のことなんてどうでもいいし。妙な誤解するな」

と小声で怒っている。

スクールバッグを肩にかけて戻ってきた麦は、また小毬に驚かされた。

令二くん、素が出ちゃってるし。

それに、令二が小毬を庇《かば》っているように見えたのも意外で……。

爽馬がからりと言う。

「令二は吉川さんのこと、気に入ってるんだよ。だから令二が吉川さんのこと気にしちゃうのは勘弁してやって」

この言葉に、令二がさらに眉をつりあげ怒ったのは言うまでもない。

でも、本当に令二くんは吉川さんのこと、ちょっと気に入ってるかもしれない。

令二くんは嫌いな人のことは無視するから。

令二のツボを突くなにかしらのポイントが、小毬にあったのかもしれない。

小毬のほうは特に照れも怒りもせず、冷静だけど。

「吉川さん、これから爽馬くんと令二くんと一緒に、お姉ちゃんのお店にケーキ食べに行くんだけど、吉川さんもどうかな？」

それで、小毬ともっと仲良くなれたら素敵だ。

小毬は今度は、わかりやすく動揺している。

「あ、それ、いい！　人数が多いほうが、いろいろ食べられるもんな。行こうよ、吉川さん」

爽馬にも誘われて、きょどきょどしていたが、やがてボソリと答えた。

「……これも試練かしらね。いいわ、よ」

「やった」

「おい、こら」

文句を言いたそうな令二の背中を麦は両手で押し、歩き出した。

「ほら、令二くん、ちゃんと前見て」

「吉川さん、ケーキでなにが好き？」

「……チーズケーキ、かな」

「桜のチーズケーキあるよ！　白い満月の形で、塩漬けした桜の花びらが一枚のってるの。しょっぱい花びらと、とろっとしたクリームチーズが合うんだよねー」

「え、食べたい」

「麦、押すなっ。自分で歩ける」

住宅地の片隅にたたずむ姉の店へ、四人で向かう。

きっと、新しい季節のはじまりを感じられるお菓子が、たくさん並んでいるだろう。

◇　◇　◇

「牧原くんたち、いっぱい食べてくれましたね」

閉店後の厨房で、語部と二人で母の日のお菓子の試作をしていた糖花は、くすっと思い出し笑いをした。

学校が終わったあと、麦と爽馬、令二と小毬が店にやってきて、イートイン席で桜のチーズケーキや桜のオペラ、苺のミルフィーユなどを、次々注文してくれたのだ。

特に爽馬の食べっぷりは気持ちがよく、満面の笑みで美味しそうにぱくぱく食べてくれるので、厨房から見ていた糖花も作りがいがあった。

爽馬の母のふみよさんもちょうど出勤していて、

――あらまぁ、爽馬。そんなに食べたらお夕飯が入らないでしょ。お金も足りるの？

――春休みに千葉のじいちゃんからもらった小遣い、ここで全部使いきる！　それに夕飯は別腹だから。帰りは、うちまでランニングするよ！

――本当にねぇ、食いしん坊なのは誰に似たのかしら。

――え、母さんだろ？

そんなやりとりも、微笑ましくて。

小毬が『桜のアニョー・パスカルもとっても美味しかったです。えっと……あの、青春の味が、しました』と一生懸命に伝えてくれたのにも頬がゆるんだし、令二に『……桜のオペラ、糖花さんらしい優しい味でよかったです。また来ます』と言ってもらったことも、全部嬉しかった。

ほんわりと思い返していたら、焼き上げたばかりの厚焼きのクッキーに左の指がふれてしまったようで、

「熱っ！」

「糖花さん！」

突き刺さるような痛みに思わず声をあげたら、背中合わせに他の作業をしていた語部が振り返り、糖花の手をつかんだ。

水道のレバーハンドルを上げ、勢いよく流れる水を糖花の指にあてる。語部の燕尾服の袖口《そでぐち》が濡れて変色するが、かまわず真剣な表情で糖花の手を握り続けている。

「か、語部さん、もう大丈夫ですから。語部さんの袖がびしゃびしゃになってしまいます」

厚焼きのクッキーにふれた指はもうじゅうぶん冷えていて、語部に握られている手のほうが熱い。

語部の品のある長い指がふれている感触に、うるさいほど胸が高鳴る。

――弱りましたね……。


時彦の恋人役を引き受けた日のことを、思い出してしまう。

スタイリストさんにドレスアップしてもらい、一階のカフェに入っていったら、たくさんのお客さまたちの中に語部がいたこと。

切なそうな目で糖花を見つめて、指を伸ばし糖花の耳たぶにふれて、銀色がかった淡いピンクの三日月のピアスをなぞり、つぶやいたこと。

そのあと糖花の手をとって、そのまま二人で店を出てしまったことも。

今、彼がふれているのは、あの日、彼がずっと握っていた手と同じ、左手だ――。


――本当に、弱りました。


切なさのこもる声まで、耳の奥で響いて。

あのときと同じように心が震えて、頭の芯《しん》が痺れていって。

あの日、語部に手を引かれるまま、だいぶ遠くまで歩いた。

ドレスに合わせた華奢なパンプスで靴擦れし、足がひりひりして血がにじんだけれど、彼に手を握られたまま延々と歩き続けた。

ふれあう手は、最初は燃えるように熱く、それからだんだんあたたかく、優しくなっていった。

「語部さん、本当に、もう」

押し寄せる記憶の甘さに頭がくらくらして、心臓も爆発しそうで、糖花が息も絶え絶えに訴えると、語部はようやくレバーをおろし水を止めた。

「私の服は、どうでもよいのです。すぐに乾きますから」

糖花がほっと息をつく。

けど、語部は糖花の手を放さない。今度は両手でそっと包み、祈るように顔を少し伏せ、深みのある声を静かに震わせた。

「糖花さんのこの手はお菓子を作る大切な手なので、気をつけてください」

あの日も、こんなふうに切なそうに声を震わせていた。

糖花の手を引いて前を歩きながら、

——本当は……糖花さんが浅見くんと美術館で過ごしたことにも胸が掻《か》き乱されていたのです。

そう、告白した。

——高校生に対して大人気ないと平静を装っておりましたが、糖花さんが浅見くんに心を開いている様子なのが、どうしても気になってしまい。麦さんにまで腹が立ちました。

なぜ、そこで麦の名前が出てきたのか、ただでさえ動揺していた糖花には、さっぱりわからなかった。

それに、令二くんと美術館を回ってはいけなかったのだろうかと。

——自分が嫉妬《しっと》深いという自覚はあります。日々反省し、平静であろうと努力しております。

嫉妬深い？

語部さんが？

ますますわけがわからない。

語部さんはいつもおだやかで公正で、冷静なのに。

けど、時彦と待ち合わせをしていたカフェから糖花を連れ出した語部は、まったく冷静には見えない。

彼自身も混乱しているように思える。

普段と違うそんな様子に糖花の胸もざわめき、頭の芯が熱く甘く痺れてゆく。

――桐生シェフのことも、クリスマスに私のミスで大きな借りを作ってしまったのは事実ですので、一度は大人の対応をしようと思ったのです。

――でも、無理でした。

叫んでいるわけではなく、静かに語っているのに感情があふれる声が、糖花の耳に、胸に、突き刺さる。

そのあいだも、語部の手は糖花の手を握りしめている。

つながっている。

——たとえ嘘でも、糖花さんが他の男の恋人になるなんて正気でいられるわけがありません。

感情を吐露《とろ》しすぎたことを恥じるように、あとはもう黙ってしまった。
あのとき、それはどうしてですか？　と訊きたかった。
二人きりの厨房で語部にやわらかに手を包まれている今も、訊いてみたい。
けど、想像しただけで、甘い期待で胸がいっぱいになってしまう。
訊けない。
包まれている手が、じんわり熱い。
糖花もまた祈りを捧げるような敬虔《けいけん》な気持ちで、ささやいた。

「……語部さんがいつも見ていてくださるから、わたしは大丈夫です」

語部がまた一段、頭を下げる。
だから今、彼がどんな表情を浮かべているのかわからないけれど。
ふれあう手が優しくぬくもってゆく。

まるで雪解けのように――。

この月の魔法が満ちる小さな店の厨房にも春が訪れ、すべてがまた新しくはじまってゆく。

第六話

心がほどける淡い淡いペールトーンのマカロンと、母の日限定カーネーションのクッキー缶

Episode 6

電話の呼び出し音を聞くあいだ、茉由《まゆ》は頭の中がぐるぐる回るほど緊張していた。

茉由は四月に小学三年生になった。

二年生のときより、できることも、お留守番中にしていいことも増えたけど、できないこともまだまだいっぱいある。

たとえば、インターネットのオンラインショップでクレジットカードを使ってお買い物をすること。

おうちのＰＣで、検索をしたり動画を見たりすることはできる。

小さい子供が見てはいけないものはお母さんがあらかじめ制限をかけているので見られないけれど、それは全然かまわない。

茉由が見たいのは、可愛い動物さんや、綺麗なお菓子の画像や、子供向けのアニメーションだから。

大好きなお菓子屋さんのホームページや公式ＳＮＳで紹介される、可愛く美味しそうなケーキやクッキーを眺めては、どんな味がするんだろうと想像してドキドキしていた。

五月に入り、母の日のクッキー缶の画像がホームページで公開された。

丸い水色の缶の蓋の右半分を縁取るように、黄色の三日月の絵がデザインされていて、そこにピンクのカーネーションが一輪、ちょこんと置いてある。

可愛い！　と、茉由は思わず前かがみになってしまった。

お母さんから、目が悪くなるからテレビやＰＣを見るときは離れてね、と言われているのに、近くでまじまじ見てしまう。

缶の中にぐるりと詰まったクッキーも、どれも魅力的で、缶の中央には、縁がギザギザなカーネーションの形をしたピンクのチョコレートを、王冠のようにのせたミニケーキが置いてある。

その周りを、三日月の形の淡いピンクのマカロンや、半月の形をしたピンクのラスク、ころんとした丸いピンクのクッキー、淡いグリーンの半月のピスタチオのクッキー、満月の縁をギザギザにしてカーネーションっぽくした型抜きクッキーなんかが取り巻いている。ギザギザのクッキーはプレーンなものと、ピンクのチョコレートでおおったものと、二種類ある。ピスタチオの粒が入ったクッキーは同じものが左右に置いてあって、お花の葉っぱみたいだ。

すごく可愛いし、とっても、とっても美味しそう！

きっとお母さんも好きだ！

母の日のプレゼントは、このカーネーションとお月さまのクッキー缶をお母さんにあげたい。

茉由の家は、お父さんがいなくて、看護師をしているお母さんと二人暮らしだ。

お母さんはお仕事が忙しく、帰りが遅くなることもある。


──茉由ちゃんがいい子でお留守番してくれているから、お母さんはとっても助かってるわ。


そんなふうに言ってくれて、マンションのお部屋にあるお月さまみたいに丸いモニターで、お仕事のあいまも茉由の様子を見守ってくれている。

丸いレンズはお母さんとつながっているから、安心する。

お母さんと茉由は、とっても仲良しだ。

だから母の日には、お母さんが喜ぶものを贈りたいと考えて、インターネットを見て、プレゼントをあれこれ選んでいたのだ。

去年もその前も、近所のお花屋さんでカーネーションを一輪買ってリボンを結んでもらい、お母さんに渡した。

お母さんはすごく嬉しそうに『ありがとう、茉由ちゃん』と言って、カーネーションが枯れるまでずっとお部屋に飾ってくれたけど。

今年は三年になったし、別のものをあげたい。

このクッキー缶なら、ぴったりだ！

値段を確認すると、茉由にとってはだいぶ高いけど、おじいちゃんやおばあちゃんや、お母さんのお兄さんたちからもらったお年玉をずっと貯めているので、買える。

こんなおしゃれなクッキー缶をプレゼントするなんて、大人になったみたいでドキドキするし、お母さんも絶対喜んでくれるはずだ。お母さんも『月と私』さんのお菓子が大好きだもの。

茉由が暮らしている場所からお店まで、電車で一時間以上離れていて遠いから、お店へ行ったのは、クリスマスイブのときお母さんと一緒に予約したケーキを受け取りに行った一度きりだけど、通販のクッキー缶を何度か届けてもらっている。

季節ごとに内容が変わるクッキー缶の蓋を、お母さんと一緒に開けるとき、いつもワクワクしてしまう。

母の日のクッキー缶も、通販でおうちに届けてもらおう！

この計画に、茉由の心は真昼の空のようにぱーっと晴れ渡った。

けれど、支払い方法を確認して、すぐにしゅんとしてしまう。

『お支払いは、オンラインでのクレジットカード決済のみとさせていただきます』

茉由は子供なので、クレジットカードを持っていない。

クッキー缶はオンライン販売限定で、お店では買えない。たとえお店で販売してくれても、茉由が一人で行くには遠すぎる。

お母さんにも『一人で遠くに行ったらダメよ』と言われている。

どうしよう……。

クッキー缶をあきらめて、他のプレゼントにしようか。

でも、他のページを検索しても、また『月と私』の母の日限定のクッキー缶のページに戻ってきてしまうのだった。

やっぱり『月と私』さんのクッキー缶をお母さんにあげたい。

ホームページにお店の電話番号が記載されている。

お店の人に相談してみようと、家庭用のコードレスホンをつかんで『月と私』に電話をしたのだった。

クリスマスの苺のケーキを取りに行ったとき、真っ白な髪のおじいさんの店員さんが、親切にしてくれた。

──安藤《あんどう》茉由さまの三日月の苺のケーキでございますね。

茉由が名前を伝える前から、うんと優しいやわらかな声でそう言って、びっくりする茉由に、

──私は魔法が使えるのですよ。


と微笑んだ。

あのおじいさんはサンタさんだったに違いないと、茉由は今も信じている。

今度もサンタのおじいさんが助けてくれるかもしれない。

コードレスホンで呼び出し音を聞きながら、サンタのおじいさんが出ますようにと心の中で念じていた。

すぐに通話に切り替わり、男の人の声がした。

『お待たせしました。ストーリーテラーのいる洋菓子店〝月と私〟でございます』

サンタのおじいさんじゃない。

別の男の人だ。

でも、サンタのおじいさんよりきっと若いこの人の声も、つやつやしていて、胸にすーっと沈み込んでくるような素敵な声だった。

茉由は、お母さんに母の日のクッキー缶を贈りたいんです、と話しはじめた。

◇　◇　◇

「はい、はい、さようでございますか。誠にありがとうございます。茉由さまのおうちの近くにコンビニエンスストアなどございますか？　そこでクッキー缶の料金と同じ金額分の切手をお買い求めください。ホームページに私どもの店の住所が載っておりますので、そちらに封筒で切手を送ってくだされば、ご指定の日時に安藤茉由さまのご自宅に限定のクッキー缶を送らせていただきます。なお、封筒に貼る切手は買われた切手の中からお使いいただいて大丈夫です。お届け先は、前回クッキー缶をお送りしたのと同じ場所でよろしいでしょうか？　念のため、確認させていただきますね。では、お読みします……」

語部がとろけそうな甘い目をして、カウンターの内側にある店の電話で話しているのを、売り場で働いていた他のパートさんたちが興味ありげに見ている。

語部さんは、誰と話しているのかしら？

まるで糖花さんに向けるみたいな、あんなに優しい顔をして。

声も、いつも以上に深くて甘くて……。

なにより、電話で話している語部が非常に嬉しそうで、みんなつい彼のほうを見て耳をすましてしまう。

なので語部が電話を終えるなり、

「今のお電話はどなたですか？」

と質問が集中した。

「いつもクッキー缶をご注文くださるかたのお嬢さまですよ。まだ小さくて、クレジットカードを持っていないので、母の日のクッキー缶をお母さまにプレゼントしたいのだけど、どうすればよいかというお問い合わせでございました。店のほうへもクリスマスのケーキを受け取りに、お母さまと一緒にご来店されたことがあるそうです。そのときは『サンタのおじいさん』に接客してもらったそうですよ」

語部が、やっぱりとろけそうな目で答える。

「サンタのおじいさんって絢辻《あやつじ》さんですね。わたしも、その女の子のこと覚えてます。予約のケーキを一番最後に受け取りにきて、とても嬉しそうでした。小学二、三年くらいだったでしょうか」

「お母さんに、うちのクッキー缶をプレゼントしたいなんて可愛いですねぇ」

パートさんたちも目尻を下げて、ほのぼのする。

母の日の商品は、ゴールデンウイーク明けから店に並ぶ予定だ。パートさんたちにはすでに内容が知らされており、パッケージも素敵で、どれも自分が子供からもらったら嬉しい品ばかりだ。

「わたしも実家の母に、お店のお菓子を送ろうかしら」

「あら、いいですね。わたしも同居している旦那のお母さんに、母の日のケーキでも買って帰りましょう」

「あたしは自分用に買います。うちの息子たちには期待できないんで。自分で『お母さん、お疲れさま～』ってことで。ホールケーキにしちゃおうかな」

「いいわねぇ！　いっそ母の日のあとに、お店を借り切って自分たちで『お母さん感謝祭』でもする？」

『月と私』のパートさんたちは、全員四十代、五十代の主婦で、子供を持つ母親でもある。

楽しそうに話している彼女たちを、語部はあたたかい眼差しで見ていたが、

「さぁ、お仕事を再開しましょう。母の日の当日までは混雑が予想されますので、今からその心構えをしておいてください」

そう声をかけた。

パートさんたちが「はい」と気持ちのよい返事をする。

それから、それぞれの心の中で、語部さんのお母さまはどんなかたなのかしらねぇ……と興味深く考えたりした。

◇　◇　◇

母の日の前日、土曜日。

店内には淡いピンクのパッケージやお菓子が、お花畑のように並んだ。

『月と私』ではカーネーションのイメージカラーを、定番の赤ではなく優しい色あいのピンクとし、しっとりした三日月のアーモンドケーキにも、サクサクの半月のラスクにも、バターがたっぷりの満月のサブレにも、ピンクの砂糖衣やチョコレー

トがかけられた。

ショーケースにも、薄いピンクのマカロンの上に、それより少し濃いピンクとグリーンの砂糖でカーネーションを描いてフランボワーズをサンドしたプチガトーや、縁がギザギザのカーネーションの形のピンクのチョコレートをのせた苺のムースや、シャンパン風味のピンクの生クリームをカーネーションのように華やかに絞り出した満月のアントルメが並ぶ。

焼き菓子では、カーネーションの形に焼き上げたバターケーキにピンクの苺パウダーをまぶしてスティックを刺し、花束のようにまとめたものと、淡いペールトーンのマカロンが人気で、飛ぶように売れてゆく。

ピンクが好きな常連のヨシヒサくんが、自分用に大量に商品を購入し、

「これから、りょうさんちで母の日会をするんです」

などと言ったり。

パートさんの大学生の息子さんが、お母さんの勤務時間外にこっそりやってきて、

「母には、内緒にしてくださいね」

と言って、バターケーキのブーケを購入したり。

語部は売り場と厨房を幾度も往復し、商品を補充しながら接客をこなしていた。

外がだんだん暗くなり閉店が近づいてきたころ、四十代半ばほどの女性が、暗い

表情で焼き菓子のコーナーに並ぶ母の日のお菓子を見下ろしているのに気づいた。

おや、あのかたは確か……。

◇　◇　◇

明日の老人ホームの面会日……お母さんに会いに行きたくない……。

下高《しもたか》あずさは、重苦しい気持ちで母の日のお菓子を見下ろしていた。

仕事が終わったあと、少し遠回りして母の日のプレゼントを買いに来てみたけれど、なにを選んでいいのかわからない。

この前、長男の小学生時代のママ友たちと、この店で魚のケーキを食べたときはとっても楽しくて、ケーキも美味しくて、心が軽くなったように感じたのに……。

今は、母の日のコーナーに並ぶお菓子を見ても、頭まで情報が入ってこない。見てはいるけど認識できずにいる。

母の日のプレゼントだなんて……。お母さんは、わたしのことを覚えていないのに……。

あずさの母の千鶴《ちづる》は、三十七歳であずさを産んだ。千鶴にとってはじめての子供で、かなり高齢出産だった。

結婚してから子供がずっとできず、あきらめたころにあずさを妊娠したと聞いている。

当時は国営だった通信会社で男性並みに働いていて、昇進したばかりだったため、あずさを産むことにためらいもあったはずだ。それでも出産するぎりぎりまで勤務を続け、四年の休職ののち、仕事に復帰した。

以降は、六十五歳で定年退職するまで働き続け、そのあとも七十五歳まで近所のスーパーでパートとして働いた。

家計が苦しかったわけではないと思う。

三歳年上の父は鉄道員で、千鶴が働かなくても生活に困ることはなかったはずだ。父の退職金も年金も、じゅうぶんな額だった。

千鶴が七十歳、あずさが三十三歳のときに、父は病で亡くなった。闘病期間は短く、亡くなるまであっというまだった。

そのときも千鶴が一生暮らせる資産はあり、また千鶴本人が受給している年金もかなりの額で、つまり千鶴が七十歳を過ぎてもパートを続ける必要はなかったのだ。

単純に、母は外で働くのが好きだったのだろう。

――お母さん、そろそろパートはやめてもいいんじゃない?

あずさが言っても、

――一人で一日中家にいたらボケちゃうわ。働いていたほうが健康にいいのよ。

と笑っていた。

七十歳を過ぎても病気もせず体力もあり、話しかたもしっかりしていたから、一人で暮らしていても安心していられたのだ。

あずさの住まいと実家の距離も近く、子供が小さいうちはちょくちょく面倒をみてもらえて助かった。

子供たちは今は二人とも大学生で、昔のように子供を連れて実家を訪れることはなくなったが、あずさは定期的に千鶴と会っていたし、スマホで連絡もとりあっていた。

千鶴はずっと元気だったので、今の母のまま百歳まで生きるように思っていた。

それが千鶴が八十二歳の誕生日を迎えたおととしの冬に、いきなり病院から電話がかかってきた。

近所の商店街で買い物中に突然倒れ、救急車で運ばれたのだ。

脳卒中と聞いて、信じられなかった。千鶴は毎年の健康診断でも特に注意すべき点はなく、そのことをあずさに自慢していたのに。

幸い人前で倒れたので、すぐに処置することができ、リハビリで元気になるだろうと医師に言われてほっとした。

けれど体は回復したのに、それ以降、家でなにもせずにぼんやり過ごすことが多くなった。動作がしだいに緩慢《かんまん》になり、それ以上に物忘れが激しくなっていった。見てもいないテレビを一日中つけていたり、ガスコンロに味噌汁の鍋をかけたまま出かけて、危うく火事になりかけたこともある。

一人暮らしを続けるのは難しいとあずさは判断し、昨年の秋に神奈川《かながわ》にある介護付き老人ホームへ入所させたのだ。

高額な一時金は自宅を売却したお金で、月々にかかる支払いは千鶴の年金と蓄えから出している。

まるでこうなることを予想して、七十五歳まで働き、こつこつ貯金してきたようにさえ思える。

ホームがある場所は景色も空気もよく、建物も綺麗で、設備もサービスも整っている。だけど千鶴はホームに入ってから、ますます物忘れが激しくなり、とうとうあずさのことも忘れてしまった。

それどころか、あずさを自分の母親だと思い込み、

――ママ、いつおうちへ帰れるの？　早くおうちへ帰りたい。

と駄々をこねる。

記憶が退行し、子供に戻ってしまったのだ。

あずさが来ると、

――お迎えに来てくれたの？

と喜ぶが、あずさが部屋を出て行こうとすると、泣きながら引き留めようとする。

――ママ、置いてかないで！

あずさがいないときも、おうちに帰りたいと泣いているそうで、ホームの職員さんからたびたび電話がかかってくる。

自分の母親に『ママ』と呼ばれて、置いていかないでと泣かれるのがつらくて、ホームへ行きたくない。

そうすると千鶴がまた『ママ、ママ、おうちへ帰りたい！』と騒いで、ホームから電話が来て、会いに行かざるをえない。

今もまた、駄々をこねる千鶴の声が聞こえてきそうで、胸がぎゅーっとしめつけられたとき。


「母の日の贈り物をお探しですか、あずささま」


艶やかな声が聞こえた。

びくっ、として振り向くと、黒い燕尾服を着たすらりと背の高い執事のような男性が、あずさに向かってうやうやしくお辞儀をした。

「小百合さんのご友人の、あずささまでございますね。またお店に足をお運びくださり、ありがとうございます」

このお店のストーリーテラーの語部さんだ。

ママ友会ではじめてお店を訪れたときも、入り口のドアを開けたら、語部九十九でございます。

と丁寧に挨拶された。

ストーリーテラーってなに？　と戸惑いながら小百合さんに尋ねたら、ふふっと笑って『美味しいお菓子にストーリーを添えて、もっと素敵に美味しくしてくれる人のことよ』と答えた。

お店の広報で、接客のエキスパートで、営業担当でもあるのだと。

要は、お菓子について説明してくれる人らしい。

ママ友会でも、流れるような口調でポワソン・ダブリルについて語ってくれた。

わたしのことを覚えていてくれたなんて。なのにいつまでも暗い顔で商品を見ていて、恥ずかしい。

「すみません。母になにを持っていってあげたらいいのか悩んでしまって」

「お母さまは、今もホームにおられるのですか」

「……はい。体調に問題はないようなのですけど、わたしのことを自分の母親だと思っていて……母の日の贈り物をしても、きょとんとされてしまうかも」

「それは……あずさ さまも、おつらいですね」

語部が親身な口調で気づかってくれる。

「母の日なんて……今の母に、なにを贈ればいいのか」

沈黙が流れたあと、語部が商品をひとつ取り上げて言った。

「では、こちらなどいかがでしょう？」

あずさの目に、淡くやわらかな色彩が広がった。

ピンクのリボンがかかった透明な丸いパッケージに、淡い色合いのマカロンが真ん中にひとつ、周りに四つ並んでいる。

ひとつだけグリーンのマカロンで、他は微妙に色合いの異なるピンクだ。どれも非常に淡く、優しい色をしている。

「母の日限定の、満月のマカロンでございます」

深みと艶のある声が、あずさの胸にすーっと沈み込んでくる。

「このようにピンクとグリーンで、カーネーションをイメージしております。お味は一番淡い白に近いピンクが、甘いミルク。二番目に淡い夜明けの空のようなピンクが、上品なローズ。三番目に淡いどこか可愛らしいピンクが、甘酸っぱい苺。中央はこの中では、ほんの少しだけ濃いピンクで、香り高いフランボワーズ。淡いグリーンのマカロンは香ばしいピスタチオとなります」

言葉が優しい色合いを帯び、あずさの周りをゆるゆると流れてゆく。

一緒に、気持ちもほどけてゆくようで。

「この霞《かす》むような淡い、淡い、ペールトーンのお色に、月の魔法の秘密が宿っているのでございます」

語部がかしこまって言う。

「月の魔法？」

あずさが聞き返すと、目を和ませ唇の端をほんの少しあげた。

「カラーセラピーと申しまして、色には心をおだやかにしたり元気にしたりする力がございます。グリーンには癒しの効果があり、淡いピンクもまた気持ちをほのぼのとさせてくれる効果があるのです。霧のベールをまとったようなペールトーンのピンクは夜明けの空の色で、母親の胎内《たいない》の色でもあります。すべてを包み込む、優しい色――幸せの色です」

幸せの色、と口にした瞬間、語部の声にも優しさと幸福感があふれる。

引き込まれるあずさに、ストーリーテラーがゆっくりと続ける。

「これは私が月から聞いたお話です」

「その人は早くにお母さまを亡くされましたが、お母さまと過ごした日のことを思い出すとあたたかな気持ちになり、自然と頬がゆるんでしまうのだそうです」

「店にお越しのお客さまたちにも、そんな五月の空のような優しく晴れやかな思い出を作っていただけたら……。この淡いお色のお菓子を贈られたかたの気持ちが和み、たくさんの幸せで満たされるように――当店の母の日のお菓子には、そんな月の願いと魔法が込められているのでございます」

カウンターの奥にあるガラスの壁で仕切られた厨房で、綺麗なシェフがお菓子を作りながら、ほんの少し唇をほころばせている。

年若いシェフのご両親は、突然の交通事故でお二人とも亡くなられたと聞いているけれど……微笑む彼女はきらきらした優しい光に包まれているようで――そんなシェフが作るお菓子には、本当に月の魔法がかかっていそうに思えた。

「このペールトーンの満月のマカロンが、お母さまを笑顔にしてくださることを心より願っております。そしてどうぞ、あずささまもお母さまとご一緒にめしあがってみてください」

あずさがマカロンの透明な丸いパッケージを受け取ると、語部が胸に染み入る声で言った。

「日曜日の母の日は、お母さまと楽しい時間を過ごされますように」

◇　◇　◇

当日。

いつも会社へ出勤する時間に家を出て、神奈川の老人ホームへ向かった。

夫は新聞を読みながら自分でいれたコーヒーを飲んでいて、息子たちは昨晩遅くに帰宅したから、きっと昼まで寝ているだろう。

三人とも母の日だからといって、なにかしてくれるわけではない。ずっとそんなふうなので、あずさも期待していない。

だからといって家族仲が特別悪いこともなく、ごく普通の平和な家庭だと思う。

母がこんなことになるまでは、あずさの日常に波乱はなく、胸に重い石を抱いているような深刻な悩みもなかった。

日曜日の電車は、家族連れも多い。

小学生ぐらいの女の子がお母さんに話しかけていて、お母さんが優しい顔でうなずいて女の子の頭をなでるのを見て、暗い気持ちになった。

それでも、膝にのせた水色の紙袋に入ったマカロンの綺麗な淡い色が、ほんの少しだけ心をなごませてくれる。

本当に、誰かに贈りたくなるような素敵な色だわ……。


二時間ほど電車に揺られて海辺の老人ホームに到着し、千鶴の部屋を訪ねるとベッドから身を乗り出して、

「ママ！　お迎えに来てくれたのね！」

と喜んだ。

これはまた最後に『ママと一緒におうちに帰る』と泣かれるパターンだ。

千鶴の顔にも手にも皺《しわ》があり、髪は白く声もしわがれ、もうおばあさんなのに、表情は無邪気な子供そのもので。ベッドからあずさを見上げてくる瞳はどこまでもひたむきだ。

「お土産を持ってきたのよ」

紙袋からマカロンのボックスを出して渡すと、

「わぁ」

と、小さくつぶやき、目を輝かせる。

それから、しわしわの手でピンクのリボンをほどいて蓋を開け、三番目に淡いピンクのマカロンを指でつまんで、目の上にかざした。

うっとりした表情を浮かべ、角度を変えて眺めている。

「きれいね、きれいね……」

とっても嬉しそうだ。

それを見ていて、あずさの気持ちもおだやかになった。

語部さんがすすめてくれたこのお菓子にしてよかった。

千鶴は、淡いピンクのマカロンをたっぷり鑑賞したあと、くんくんと匂いをかいで、

「いちごだぁ」

と、にっこりし、端のほうを大事そうに、そぉーっとかじった。

しわだらけの小さな顔に笑みが広がる。

「おいし～。さくっとして、ふわ～ってする。ね、このお菓子おいしいから、ママも食べて」

そう言って食べかけのマカロンを、あずさのほうへ差し出した。

淡い淡いペールトーンのピンクのマカロンに、心がふーっとほどけていって、苺の甘酸っぱい香りが優しく鼻先をかすめて――あずさの脳裏に子供時代の記憶を引

き寄せた。

――ママにもあげる。食べて～。

あずさがまだ小さいころ、食べかけのクッキーやチョコレートをお母さんにも食べてほしくて、こんなふうに無邪気に差し出したこと。

――おいしいね、ママ。おいしいねぇ。

お母さんと半分こしたクッキーを、にこにこしながら食べていると、お母さんが目を細めて頭をなでてくれたことも……。

「おいしいねぇ、ママ。おいしいねぇ」

あずさと半分こしたマカロンを食べて、千鶴がにこにこする。

手を頭にあてて、自分で、よしよしとなでた。

それで気づく。

千鶴は記憶が退行して子供に戻ったのではない。あずさの子供時代をなぞっていたのだ。

千鶴を『ママ』と呼んでいたのは、あずさだった。

千鶴自身が子供だったころは、まだそうした呼びかたをしていた子は少なかったはずだ。

お母さんは……わたしのこと、忘れていなかった……。


その逆で。

ずっとあずさのことばかり考えていたのだ。

幼いころの優しい情景と、ホームへ向かう途中に電車の中で見た、小さな女の子の頭を目を細めてなでる母親と、くすぐったそうに笑う女の子と――しわだらけの青白い手で白い頭を幸せそうになでる千鶴の姿が、ゆっくりと重なり、ひとつにとけあってゆく。

千鶴が二つに割って半月になった可愛らしいピンクのマカロンを、あずさは胸を震わせて食べた。

軽く歯を立てただけで、さくっと崩れて、ふわっとやわらかい。甘酸っぱい苺のクリームがあふれてくる。

込み上げる涙で喉が熱くなって、うるんだ声で、

「おいしいね」

と、つぶやくと、千鶴は今度はあずさの頭をさらさらとなでてくれた。

喉がぎゅっとしまる。

ああ、そうだ。

保育園に入ったばかりのころ『おうちへ帰りたい。ママ、ママ』と毎日泣いて、母と先生たちを困らせていたのも、自分だった。

母が迎えに来てくれると、両手でぎゅっとしがみついて。手をつないでおうちへ帰った。


——今日も保育園に行けてえらかったね、あずちゃん。


おうちにつくと、母がごほうびに、綺麗な包装紙に入ったクッキーやチョコレートをくれる。

それを高くかざして何度も角度を変えて、うっとり眺めて、それから大切に大切に口に入れて、

——おいしいねぇ、おいしいねぇ、ママ。

そう伝えると、いつも頭をなでてくれた。

——あずちゃんはいい子ねぇ。

明るい声でそう褒めながら。

「あずちゃんはいい子ねぇ」

認知症の母が、幼い顔つきと、あどけない口調で言う。

視界がぼやけて、目に浮かぶ涙をまばたきしてこらえながら、あずさも泣き笑いの顔で、千鶴の頭をそっとなでた。

「そうねぇ……いい子ねぇ」

千鶴が顔をあずさのほうへ向け、くすぐったそうに笑う。

「えへへ、あずちゃん、いい子？」

「ええ、いい子よ」

ペールトーンのマカロンの優しい甘さと香りが、口の中に残っている。顔を近づけてくる千鶴の吐息も、ほのかに苺の香りがする。

ベッドの上に置いた透明な丸いボックスの中に、あと四つ淡いピンクとグリーンのマカロンが残っている。

心がなごむ優しい色だ。

幸せの色だ。

月の魔法が、二人を包んでいる。

あずさが『いい子よ』と言うのを聞いて、千鶴はほんの少しだけお姉さんになった顔で笑った。

「じゃあ、あずちゃん、もう泣かないで、いい子でママのお迎えを待ってるね」

それも小さいあずさが、千鶴と交わした約束だった。

◇　◇　◇

「お母さん、いつもありがとう」

土曜日の夜も、お母さんは看護師さんのお仕事で帰りが遅かった。

日曜日はゆっくり起きて、まだちょっと眠たそうに、

「茉由ちゃん、朝ごはん、ジャムトーストと目玉焼きでいい？」

と訊いてくるお母さんに、三日月のお月さまとカーネーションの絵が描いてある水色の丸いクッキー缶を渡すと、お母さんは、

「ええっ、『月と私』の母の日限定のクッキー缶じゃない！　これ、どうしたの？　誰に買ってもらったの？」

と、目をぱちりと見開いた。

「わたしが電話で注文したんだよ～」

と言うと、ますますびっくりして、目をぱちぱちさせて、

「え？　え？　支払いは？　クレジットカードがなきゃ買えなかったでしょう？」

と訊いてくる。

茉由はにこにこしながら答えた。

「うん、あのね、『月と私』さんにお電話して訊いたら、すごく親切な店員さんが、コンビニでクッキー缶の代金分の切手を買って、お店に送ってくださいって言ってくれたの」

「まぁっ」

「クリスマスのケーキのお話をしてくれたサンタのおじいさんも、とってても親切で、ふわ～って声をしてたけど、その店員さんも、とってもとっても優しくて、かっこいい声だったんだよ」

店員さんの声を思い出すと、今でもほわほわする。

カタリベさんという名前だった。

「それで、ちゃんと店員さんとクッキー缶が届く日と時間を決めて、えっと……お母さんは、チャイムが鳴っても出ちゃダメって言ったけど……ごめんなさい、でも、配達の人とインターホンでお話して、クッキー缶はドアの前に置いてもらったから、大丈夫だったよ」

叱られたらどうしようって、ちょっと胸がきゅっとしてしまったけれど、お母さんは眉を下げて、

「……そう、言いつけを破ったのはよくなかったけれど、もうそんなことができるようになったのね」

と言って、少し笑った。

よかった、怒ってない。

「お店の人がね、クッキー缶と一緒に、カーネーションのケーキのはがきもくれたの。ほら、これ」

丸いホールの上にピンクのクリームをカーネーションの形に絞り出したケーキの絵はがきには、手書きの言葉が添えられている。

『月のまほうをかけておきました。すてきな母の日になりますように』

きっと、カタリベさんが書いてくれたんだ。

サンタのおじいさんみたいに、カタリベさんも魔法が使えるんだ。

お母さんは茉由が渡したクッキー缶と、茉由が差し出した絵はがきを、感激している顔で見ていて、

「ありがとうね、茉由ちゃん。お母さんすっごく嬉しい」

と言って、今度はぱーっと笑った。

「朝ごはん、茉由ちゃんがくれたクッキーにしようね。お湯をわかして、お茶をいれよっか。紅茶にミルクをたっぷりいれて」

「わたしが、お母さんのカップに牛乳をいれる！」

「ありがとう、じゃあカップの用意をして」

「うんっ」

棚からお母さんのコアラのカップと、自分のリスのカップを出して並べる。冷蔵庫からパックの牛乳を持ってきて、二つのカップに、とぽとぽ注ぐ。

自分のカップは、お母さんよりちょっぴり多めに。

それと、蜂蜜の瓶とスティックのお砂糖と、クッキーをとりわけるための小皿も

二枚、テーブルに並べた。

「お小皿も出してくれたのね。えらいわ、茉由ちゃん」

茉由が自分からどんどんお手伝いすると、お母さんは嬉しそうに褒めてくれる。

「だって、母の日だもん」

来年は四年生だから、紅茶もわたしが用意できるといいな。

ティーバッグでいれたいい匂いの紅茶を、お母さんが透明な丸いポットからカップに注いでくれる。

お母さんのカップには蜂蜜をひとさじ。自分のカップには蜂蜜とスティックのお砂糖をその半分いれて、スプーンでかきまぜる。

甘い香りの湯気が、ふわ〜っとたちのぼる。

お外はいい天気で、窓からお日さまの光がこぼれている。

お母さんの隣にぺたんと座って、

「さぁ、どんなクッキーかな？」

お母さんがわくわくしている顔で、テーブルに置いたクッキー缶の水色の蓋を開けるのを、茉由も横から眺める。

しきりの薄い紙は今回は淡いピンクで、その上にレモンイエローの小さな丸い冊子がのせてある。

そこにはストーリーテラーさんからのご挨拶と、クッキーの名前や内容の説明が書いてある。

そっか、あのかっこいい声のカタリベさんが、いつもクッキーのお話をしてくれる、このストーリーテラーさんなんだ。

きっとこれから丸い冊子を読むときは、カタリベさんの声で再生されるだろう。すごく楽しみだ。

あとでゆっくり読もう。

それより今はクッキーで。お母さんがピンクの薄紙をとりのぞいたとたん、バターの香りがただよって、ふわふわと甘い香りもして、茉由はすっかり心を奪われてしまった。

丸い缶に、円を描くように可愛いピンク色のクッキーが並んでいる。

『月と私』さんのホームページの見本と同じだ。

ピンクの三日月のやつがマカロン。ピンクの半月がラスクで、きらきら光るお砂糖も淡いピンクだ。

ころんとした丸いピンクのクッキーは満月のブール・ド・ネージュで、白いやつを前のクッキー缶で食べた。口の中でほろほろ崩れて、美味しすぎてほっぺたが落ちそうだった。

縁がカーネーションの花びらみたいにギザギザなクッキーは、プレーンなやつと、ピンクのチョコレートをかけたやつと二種類ある！

淡いグリーンの半月のピスタチオのクッキーは同じやつが、右と左に葉っぱみたいに置いてある。ピスタチオの粒も入っていて、きっとカリカリしていて美味しい。

それに真ん中の、ピンクのチョコレートで作ったカーネーションを冠みたいにのせたミニケーキ！

絵はがきのケーキと同じだ！

写真のケーキはこれよりサイズが大きくて、クリームのカーネーションだけど、こっちはチョコレートで。こっちもすごく美味しそうだし、可愛い！

茉由がカーネーションのミニケーキを、きらきらした目で見ていたら、お母さんが、

「茉由ちゃん、このカーネーションのやつがいい？」

と、お皿にとってくれようとしたので、

「ううん、カーネーションのはお母さんにあげる」

と慌てて言う。

すごくすごく気になるし、絶対美味しいだろうけど、ミニケーキはひとつだけだし、今日は母の日だから一番素敵なやつはお母さんに食べてほしい。

するとお母さんは、ほわっと笑って、

「じゃあ半分こね」

と言い、ケーキを手で二つにわけた。ピンクのカーネーションも、手で、ぱきっと割る。

「はい、茉由ちゃんの分」

「うんっ」

お母さんとおんなじ、ほわほわした顔で受け取って、お母さんと一緒に半分このケーキを食べる。

みっちりつまった生地が甘くて美味しい！

小さくても、どっしりしていて、なのに口の中でなめらかに溶ける。

「生地にホワイトチョコが入ってるのね」

お母さんが丸い冊子をめくって言う。それから顔を茉由のほうへ向けて、

「美味しいわね〜、茉由ちゃん」

と頬をゆるめた。

「うんっ、美味しいね、美味しいね、お母さん」

茉由も、こくこくうなずいて、「美味しいね」と繰り返す。

ピンクのチョコレートで作ったカーネーションも、ぽりぽりかじると甘くて美味

しくて、胸がドキドキして、ほかほかした。

「この缶も、お月さまにピンクのカーネーションで可愛いわね。なにを入れようかなぁ」

お母さんがクッキーの缶の蓋を手に取って、楽しそうに言う。

これまでお母さんと食べた『月と私』さんのクッキー缶は全部とってあって、台所の調味料や、茉由のヘアアクセサリー入れになっている。

「茉由ちゃんがお母さんにプレゼントしてくれた特別なお月さまだから、素敵なものを入れなきゃ」

見守りモニターの丸いレンズに、お母さんの嬉しそうな顔が映っている。

今はまだ昼間で明るいけれど、お外のお月さまも、やっぱり茉由とお母さんを見おろして笑っているのかな、と思った。

きっと他のお母さんや子供たちのことも、お月さまはにこにこ見守っている。

そう考えて、茉由もにっこりした。

エピローグ

Epilogue

厨房の丸椅子に座ってぼーっとしている糖花の頬を、甘酸っぱい香りのする湯気がくすぐった。

「本日はお疲れさまでした。ハイビスカスをブレンドしたローズヒップティーです。ビタミンCが豊富で疲れがとれますので、どうぞ」

いつのまにか隣に立っていた語部が、白いティーカップをソーサーと一緒に糖花の前に置く。真っ白なカップの中で、薔薇色のお茶が厨房の明かりを静かに吸い込んでいる。

「綺麗……」

思わず目をなごませたあと、

「すみません。語部さんもお疲れなのに」

と恐縮してしまう。

語部はおだやかに微笑んだ。

「いいえ、母の日のプチガトーや焼き菓子を閉店ギリギリまで追加でお出しして、休憩する暇もないほどでしたから、糖花さんのほうが疲れておいででしょう。いつセーブをかけようかと見ておりましたが、やり遂げてしまわれましたね」

「はい、だから、少し頭がぼーっとして足に力が入りませんけど、とてもいい気分なんです」

糖花の口もとがほころぶ。

母の日の今日、たくさんの人がお母さんに贈るお菓子を買いに来てくれた。まだ小さい子供たちがお父さんと手をつないでやってきて、『ママはどれが好きかな〜』と一緒にショーケースをのぞきこんだりするのにも、胸があたたかくなった。

「お菓子を作りながら、まるでわたしもお母さんに母の日の贈り物をしている気持ちでした。とても楽しかったし、嬉しかったです。それにパートさんたちにも母の日のケーキをお渡しできたし……」

日持ちのするバターケーキにピンクの砂糖衣をかけて、砂糖細工のピンクのカーネーションを飾った特別な満月を、閉店後、パートさんたちに、

――いつもありがとうございます。おうちでご家族のみなさんとめしあがってください。

と渡したら、みんなとても喜んでくれた。

五月に入ったばかりのころは『母の日の閉店後に、お店を借り切って母の日会をしましょう』と盛り上がっていたけど、実際は忙しすぎてそんな体力は残っていないし、自分の家に帰れば、家族がお母さんを待っている。

なので『母の日会』は自然に立ち消えになったのだが、お店からパートさんたちに母の日の贈り物をしたいと思って、売り物とは別に用意しておいたのだ。

今日出勤しなかったパートさんたちには、明日渡す予定だ。

「パートさんたちが『ありがとう』って言ってくださったとき、やっぱり母にそう言ってもらえたみたいで――ジンと、してしまいました」

語部が優しい目で糖花を見ている。

「糖花さんは、本当にお母さまと仲良しだったのですね」

しみじみと言うその声が、あんまりあたたかだったので、わたし子供っぽかったかしらと急に恥ずかしくなってしまい、つい、

語部さんのお母さんはどんなかたでしたか?

と口にしかけて、慌ててのみ込んだ。

語部さんは小さなころから施設で育ったとおっしゃっていたから……もしかした

らご自分のお母さんのお顔をご存じないのかもしれない……。

なのに語部さんの前でお母さんの話をするのは、よくなかったんじゃないかしら。

けれど語部は優しい眼差しのまま、自分からゆっくり語りはじめた。

「私も母と過ごした時間は大変短かったけれど、良い思い出しかありません」

表情もやわらかに澄み、微笑んでいる。

「父はおりませんでしたし、母は病気がちで収入も少なかったので、生活も貧しく、二人で暮らしていたアパートの部屋には一冊の本もありませんでしたが……」

暗い内容のはずなのに、語部の眼差しは依然としてやわらかに澄んでいる。

母親と過ごした、幸せな時間を思い出しているように。


「代わりに母が、たくさんの物語を聞かせてくれました」


そう口にしたとき、さらに幸せな空気が彼を取り巻いた。

「子供が絵本で読むような古いおとぎ話や神話や伝説だけでなく、空のことや、星のこと、太陽や月のこと、植物のこと、地球に暮らす生き物のこと……あらゆることを、落ち着いた静かな声で、自在に語ってくれました。

母が語るとき、その情景や物事が目の前に浮かぶようでした。

母が亡くなったのは、私が二歳のころでしたから、顔はよく覚えていないのです。ただ、おだやかな声と……優しい手だけは覚えていて、ときどき懐かしく思い出しておりました。

私が熱を出して苦しかったとき、母がその手で看病をしてくれたことなどを……。

幼い私の頬や額にふれる指に、母の細やかな愛情があふれていました。それを感じて私は安心し……幸せな気持ちで眠ることができたのです」

夜の厨房に、安らかで幸せそうな語部の声が、しめやかに流れてゆく。

クリスマスの繁忙期に入る前、語部が体調を崩してマンションの部屋で寝込んで看病したときのことを、糖花は考えていた。

お米をミルクとお砂糖で炊いた甘いリオレを、糖花が差し出すスプーンから食べて、糖花がそっとまぶたに置いた手を払うことなく、糖花がぎこちなく物語るのを聞いていたこと……。

あのときわたしは、語部さんが眠ってしまったと思い込んで、語部さんに好きですと言ってしまったんだわ……。

そうしたら語部さんの手が伸びてきて、わたしの右の耳たぶの三日月のピアスにふれて……。

——私も、同じ気持ちです。糖花さんを……愛しています。


寝ぼけている子供みたいな顔でそうささやいて、安心したように眠りに落ちた。

あのときのことを語部は口にしないし、糖花も訊かない。

あれは熱で朦朧《もうろう》とした彼の、ただのうわごとだったのだろうから。

あのときと同じように、語部の声は安らかで……。


「人を愛おしく思う気持ちを、私はきっと母から教わったのでしょう」


語部の両手が糖花のほうへ伸びてきて、包むように耳たぶにふれた。

あの冬の夜のように。

そして四月の混み合うカフェでたくさんの人の中から彼を見つけて、見つめ合ったときのように。

語部の指が淡いピンクの三日月のピアスを、ゆっくりなぞる。

愛おしそうに、切なそうに見つめられて、糖花はまばたきもできない。ただ息をひそめて見上げている。

「糖花さんが、桐生シェフが手配したスタイリストの選んだ服を着て店に入ってきたとき……。私が贈ったこのピアスをつけていてくれたことが、どうしようもなく嬉しかった」

「私は糖花さんに、さまざまな嘘をついてきました。でも——」

語部が、真摯な眼差しと声で告白する。

これは嘘ではないと。

「糖花さんが私を看病してくださった夜に伝えた、あの言葉は、私の本当の気持ちです」

作中に登場するフランス語については、
フランス著作権事務所さまにご助言をいただきました。
ありがとうございました。

参考文献

「Holiday Sweets of the World　世界の祝祭日とお菓子」プチグラパブリッシング
「す・て・き・記・念・日　アニバーサリーに食べたい39のケーキ物語」加瀬清志／加瀬優子／樋口有紀　発行所・あすか書房　発行元・教育書籍
「フランス菓子図鑑　お菓子の名前と由来」大森由紀子　世界文化社
「決定版　色彩心理図鑑」ポーポー・ポロダクション　日本文芸社

ものがたり洋菓子店　月と私
よっつの嘘

野村美月

2025年4月 5 日　第1刷発行
2025年5月11日　第2刷

発行者　加藤裕樹
発行所　株式会社ポプラ社
〒141-8210　東京都品川区西五反田3-5-8
JR目黒MARCビル12階
ホームページ　www.poplar.co.jp
フォーマットデザイン　bookwall
組版・校正　株式会社鷗来堂
印刷・製本　中央精版印刷株式会社

N.D.C.913/283p/15cm　ISBN978-4-591-18592-6

P8101515

ポプラ文庫好評既刊

ものがたり洋菓子店 月と私

ひとさじの魔法

野村美月

仕事も恋愛もぱっとしない岡野七子がたどり着いた、住宅街の洋菓子店「月と私」。そこには、お菓子にまつわる魅力的なエッセンスを引き出して、物語としてお客に届ける「ストーリーテラー」がいた――。さまざまな悩みを抱えてお店を訪れた人たちは、ストーリーテラーの語る物語と、内気だけれど腕利きのシェフが作る極上のお菓子に心解きほぐされていく。心を甘くやさしくときめきで包み込む連作短編集。

ポプラ文庫好評既刊

ものがたり洋菓子店 月と私
ふたつの奇跡

野村美月

住宅街に佇む洋菓子店「月と私」。腕利きパティシエなのに自分に自信がない三田村糖花の前に「ストーリーテラー」語部九十九が現れた。お菓子の魅力を物語にしてお客に届ける語部の活躍でお店は大繁盛し――。「月の魔法を集めたクッキー缶」を受け取った素直になれないカップルの恋の行方。糖花のトルシュ・オー・マロンを「世界で二番目においしい」と語る少年の秘密。好評シリーズ第2弾。

ポプラ文庫好評既刊

ものがたり洋菓子店 月と私

さんどめの告白

野村美月

人気洋菓子店「月と私」の腕利きパティシエながら自分に自信がない三田村糖花を支える語部九十九は、お菓子にまつわる魅力的なエッセンスを物語としてお客様に届ける「ストーリーテラー」だ。トラブル続きのクリスマスを乗り越え絆の深まった「月と私」の面々は、バレンタインシーズンに突入。「恋の叶うチョコレート」を求めて大賑わいの店を、語部の元カノを名乗る女性が訪ねてきて――。好評シリーズ第3弾！

ポプラ文庫の新刊案内

野村美月
『ものがたり洋菓子店　月と私　いつとせの夢』

2025年秋
刊行予定

ついに糖花に本当の想いを告げた語部。
ふたりの関係に大きな変化が――？
目の離せない展開のシリーズ第5弾！